La Indiana

Mitali: Bilgeliğiyle Öne Çıkan Kadın

Translated to Turkish from the English version of
La Indiana

Devajit Bhuyan

Ukiyoto Publishing

Tüm küresel yayın hakları

Ukiyoto Yayıncılık

2023 yılında yayınlandı

İçerik Telif Hakkı © Devajit Bhuyan

ISBN 9789360167820

Tüm hakları saklıdır.
Bu yayının hiçbir bölümü, yayıncının önceden izni olmaksızın, elektronik, mekanik, fotokopi, kayıt veya başka bir yolla herhangi bir biçimde çoğaltılamaz, iletilemez veya bir erişim sisteminde saklanamaz.

Yazarın manevi hakları ileri sürülmüştür.

Bu bir kurgu eseridir. İsimler, karakterler, işletmeler, yerler, olaylar, mekanlar ve olaylar ya yazarın hayal gücünün ürünüdür ya da hayali bir şekilde kullanılır. Gerçek kişilere, yaşayan ya da ölülere ya da gerçek olaylara herhangi bir benzerlik tamamen tesadüfidir.

Bu kitap, yayıncının önceden izni olmaksızın, yayınlandığı tarihten başka herhangi bir bağlayıcı veya kapak biçiminde, ticari veya başka bir şekilde ödünç verilmemesi, yeniden satılmaması, kiraya verilmemesi veya başka bir şekilde dağıtılmaması koşuluyla satılır.

www.ukiyoto.com

61. doğum gününde eşim Mitali'ye adanmış.

İçeriği

Arjantin	1
Eşim Mitali	2
Beni terbiyeli yaptı	3
Düz İleri Mitali	4
Sevgili Karısı Mitali	5
Kim Ağlayacak?	6
Acı ve Zevk	7
Mistry hala zor	8
Cevap Yok	9
Tanrı'nın İsteklerine Uymalıyım	10
Daha İyi Bir Yarın İçin Hayal Ediyorum Ama	11
Hayat Hiçbir Şey Vaat Etmiyor	12
Hayat Zor	13
Herkesin Farklı Bir Hikayesi Var	14
Bir Kara Deliğin İçindeyim	15
Hayatın Bir Nedeni Var mı?	16
Zamanın Alanında	17
Elbisemi Beklerken	18
Ayinleri	19
En İyi Şifacı	20
Zihinsel Entegrasyona İhtiyacımız Var	21
Kayıp Bağlantı	22
Zirvede Değiliz	23
Sırt Isırma	24
Dört Hedef	25
Paradoks	26
Tüm Hayvanların Bilinci Aynı Değildir	27
Hayat Sadece Bir Sirktir	28

Güvensizlik Sorunu	29
Cevap Vermek İçin Yeterli Bilgi Birikiminde	30
Neden Eski Korku Ölüm?	31
Başkalarını Suçlamayın	32
Karşılaştırma ve Rekabet	33
Aynı Lateen ile Yolculuk	34
Dün herhangi birini takdir ettiniz mi?	35
Olumlu düşünelim, yapıcı çalışalım	36
Nihai Hedef	37
Benim İçin Ritüeller Yapma	38
Daha Uzun Yaşamak	39
Antibiyotik	40
Bugün Neşeli Olun	41
Ayrılma ile Yaşa	42
Kalıcı Dost veya Düşman Yok	43
Aşk Bir Hastalıktır	44
Her Şeyin Son Kullanma Tarihi Var	45
Hayat Her Yerde Aynı	46
Günaydın	47
Uzun Yaşamak İstiyorsanız	48
Bu Yıl Doğum Gününüzü Kutlayın	49
Hayat Altmışta Başlar	50
Altmıştan Sonra Güzel Yaşam	51
Sadece yemekle yaşayamayız	52
İnsan Tanrı'nın Elden Çıkarmasını Önerir	53
Zaman İllüzyondur	54
Fanatik Olmayın	55
Big-Bang'in Kaderi	56
Daha Fazla Yaşam	57
Tanrı'nın En İyi İltifatı	58

Hayal Gücü ve Bilgi	59
Taşınmaz Mal	60
Taşınmaz Mal 2	61
Belirsiz Bir Yolculuk	62
Kurban	63
Boşanma	64
Aşk	65
Umut	66
Benlik Saygısı Ve Ego	67
Nefret	68
Keder Acısı	69
Kar ve Zarar	70
Sefaletin Yeri (দুখালয়)	71
Duramayız	72
İyimser ve Kötümser	73
Kıskançlık	74
Ölüm Son Değildir	75
Yaş Sadece Bir Sayıdır	76
Hindistan'da Yolsuzluk	77
Savaş ve Temel İçgüdü	78
Din Kafayı Kontrol Ettiğinde	79
Doğayla Yaşayalım	80
Orijinal Olun	81
Hindistan'da Yolsuzluk Yasa Dışıdır	82
Ruhsuz Yaşam	83
Sefaletle Yüzleşseniz Bile Gülümseyin	84
Geçici Yaşam	85
İki Seçenek	86
Uyuşmazlık Çözümü	87
Kendi Mantosu	88

Her birey yargılayıcıdır	89
Tanrı'ya Dua Etmek Zorunlu Değildir	90
Eğer Tanrı Yoksa,	91
Bugün Bir An İçin Durun	92
Acı ve Keder Ölçüsü Yok	93
Hayat ve Para	94
Zaman, Yaşamın Birincil Kaynağı	95
Hayat Her Zaman Yarı Dolu	96
Kimin Üstünlüğü Var	97
Hayvanlara Etik Davranın	98
Hapishane Teorisi	99
Rolümüz Sınırlı	100
Bhupen Hazarika	101
Kitty'mde Hiçbir Şey Yok	102
En İyi Instagram	103
Şimdi Yapın	104
Belirsiz Oyunda Belirsiz Sonuç	105
Garip olan nedir?	106
Doğum günün kutlu olsun, seni seviyorum Mitali	107
Düzgünlüğü	108
Tek Amaç Yaşamak ve Yaşatmak	109
Gündüz ve Gece	110
Çaresiziz	111
Hayatın Özeti	112
Dikdörtgen Yolculuk	113
Şimdi Ben Bir Yetişkinim	114
Hayat Karışık Sepet	115
Kirli Oyun	116
Üç Durumda Çiçekler	117
Hala Yarın Var	118

Yaşamaktan Başka Seçenek Yok	119
Başarısız Ekip Çalışması	120
Kıskanç Olma	121
Keyif Almalarına İzin Verin	122
Özünde İnsan Bencildir	123
Doğa Sadece İyileştirir	124
Yaşam Sahnemiz Yönetiliyor mu?	125
Hayat Geliyor ve Gidiyor	126
Muhabir	127
Kapıcı	128
Dinamik Denge	129
Zihin Her Zaman Gençtir Beden Değil	130
Beden ve Zihin	131
Yaşlandıkça	132
Artık Yaşam	133
Hayır Demek	134
Sahte Arkadaşlar	135
Klorofil	136
Oyun	137
Buz Evi	138
Ya Rab	139
Üniversite Günleri	140
Biyolojik İhtiyaç	141
Sonsuz Uyku	142
Tüketim	143
Lachit Barphukan, Efsanevi Savaşçı	144
Güneş Asla Doğmaz	145
Sanal Hayatımız	146
Bilim ve Din Aynı Fikirde Olduğunda	147
Varış Noktası Olmadan Yolculuk	148

Varlığımız	149
Cinsiyet Ayrımcılığı	150
Toplum vs Avukat, Doktor ve Mühendis	151
İnovasyonu Destekleyin	152
Yaşam ve Yaşam Verimliliği	153
İnsanlar Neden Hayatımıza Geliyor?	154
Bollywood'daki Genç Sanatçılar	155
Politikacı	156
Rasyonel Davranalım	157
Evrenin Genişlemesi	158
Bir Şey Ve Hiçbir Şey	159
İnsanlar Trol Yaptığında	160
Ölümümden Sonra	161
Önemsiz Ben	162
Mutsuz Beni	163
Ruhsal Başkaldırı	164
Artık maddi bir şeye gerek yok	165
Aile Kültümüz	166
Hayat Artık Farklı Bir Oyun	167
Tek Başına İyi Sağlık Uzun Ömürlülüğü Garanti Edemez	168
Hayatı Daha Fazla Yaşa	169
Eşitsizlikler	170
Bir Yıl Geçmek Üzere	171
Rab'bin Gözünde	172
Neden denemiyorsun?	173
Tanrı'nın Alanında	174
Büyük Yalancı Politikacı	175
Sonunda Hiçbir Şeyin Önemi Yok	176
Yaşamın Amacı	177
Bilim Şimdi Gerçek Olmadığımızı Söylüyor	178

İsteğimiz Olmadan Geldik	179
Ayinleri	180
Ben önemsizim	181
O'nun Fedakarlığını Hatırlayın	182
Noel'i Kutlayalım	183
İkiyüzlülük	184
Özür İste	185
İlerlemeyi Asla Bırakmayın	186
Aşk Hepsini Nefret Et Hiçbiri	187
Fife'yi Memleketinizde Oynayın	188
İşletmeler İçin Güzellik	189
Can Sıkıntısı İçinde Yaşayalım	190
Enerji ve Madde	191
Kurtarıcı İsa	192
Kıskançlık Aşağılık Kompleksini Doğurur	193
İyi Olmak İyidir	194
İyi Sağlık	195
Noel Yılda Bir Kez Gelir	196
Karaya Ulaşmayı Beklerken	197
Güneş Yeni Yılı Bilmiyor	198
Günler, Aylar ve Yıllar	199
Siyah İnci	200
Yılbaşı Gecesi	201
Hayal Gücünün Gerçekliği	202
Aynı Parça	203
Uzun vadede	204
Zengin Öl	205
Covid19'un Yeni Varyantı	206
Yeni Yılın Bir Haftası Hızla Geçti	207
Majesteleri	208

Kısmilik	209
Karşı çıkamam	210
Rahipler	211
Din ve Alkol	212
Duyular Harika, Zihin Daha Büyük	213
Mucizeler nadiren olur	214
Tanrı'yı Kim Hayal Etti?	215
Her Şey Artık Tarih	216
Ben Hiçbir Şeyim	217
Büyük resme bakın	218
Mucize	219
Şimdi Gazeteler	220
Kimse Bilmiyor	221
Hemen yap	222
Geçmişte Yaşamak	223
Terk Edilmiş Paket	224
Mühendisler Günü	225
Gülümseme ve Neşe Yaymak	226
Cehalet Mutluluk mudur?	227
Arjantin	228
Kalbim Kırıldı	229
Kadınlar Günü	230
Seks ve Vahşet	231
Kadınlar Günü'nde İranlı Kadınlara Destek	232
Görünür ve Görünmez	233
Yaşamın Zaferi	234
Dalgaları Sayma, Sörfçü Ol	235
Kalp Yetmezliği	236
Bugün Bir Adım Atın	237
Nehir Yunusları Gibi Olun	238

Doğadan Öğrenme	239
İnandığım Şey Hiç Önemli Değil	240
Yazar Hakkında	241

Arjantin

Gençti, cesur ve güzeldi
Ailesine ve arkadaşlarına her zaman sadık;
Saçları güzel saç kesimi ile kıvırcıktı.
Mavi gözler derinlik gösterdi ama oldukça fazla;
Üzgün olmasına rağmen her gün gülümse
Sadece öfke dikkatini dağıtabilir ve onu delirtebilir;
Ruhu hayvanlarla ve evcil hayvanıyla yaşıyor
Tanıştığı her yerde bir sokak köpeği besler;
Bilerek kimseye zarar vermedim
Yine de hayatına sürekli engeller geldi;
Zayıflık göstermekten ve ağlamaktan utanıyordu
Üzüntü içinde kemanını çal ve utangaç kal;
Tüm arkadaşlarının bildiği konuşkandı
Başkalarına gülümseme getirdiğinde yüzü parlar;
En zor zamanlarda cesaret ve güven gösterdi
Kısa süre sonra her şeyin yolunda olduğunu kanıtladı;
Hayatını seçimlerine ve iradesine göre yaşadı
Hayatımızdaki boşluğunu hiçbir şey dolduramaz.

Eşim Mitali

O benim gözlerim, kulaklarım ve burnumdu
Güzel bir gülden daha iyi görünüyor
Dünyada hiç kimse bu kadar yakın değildi
Gülüşleri bana ilham verici doz verdi
Şimdi onsuz, hayatım duraklıyor;
Kalp şimdi boş ve boştur
Her an, gözyaşlarımdan kaçınamıyorum
Gülüşleri olmadan, hayat şimdi yüktür
Hayatta, Mitali benim sevgili gardiyanımdı
Tanrı neden onu birdenbire çağırdı?

Beni terbiyeli yaptı

Sıradan bir kömür parçası gibi yalan söylüyordum
Sevgi ve özenle ruhumu yarattı
İki güzel kolunda tutuyor
Beni güçlü ve cesur yapmak için baskı yap
Beni sıcak üflemeye, soğuk üflemeye zorladı
Sonunda, altınla süslenmiş elması oldum;
Kirli, dağınık ve kolay gidiyordum
Beni terbiyeli ve hareketli olmaya zorladı
Dua etmek için Tapınak ve Kilise'yi ziyaret etti
Ölmekte olduğu bütünsel düşünceyi hiç düşünmedim
Şimdi ağlamaktan başka çarem yok.

Düz İleri Mitali

Dümdüz ileri görüşlüydü, birçokları tarafından yanlış anlaşılmıştı
Düz çizgi hayatının rotası ve turnuvasıydı
Yine de renkli ve neşeli hayatının düz yolculuğu;
Yalan, ikiyüzlülük ve çifte standarttan pek hoşlanmıyorsunuz
Hayatta bu yüzden birçok engel ve lanetle karşılaştı
Hala dürüstlük, doğruluk ve güvendiği Tanrı'da;
Çocuklar ve hayvanlar tarafından anne gibi sevilirdi
Onun şirketi ile herkes güzel havalar hissediyor
Dışsal gülümsemeleri ve sevgisi hayvanları daha da yakınlaştırır;
Fırtınalar her zaman önce düz ve uzun boylu ağaçları yok eder
Tanrı, güveninden dolayı onu erkenden kendisine götürdü
Hayatımızın alanında, o asla geçmiş olmayacak.

Sevgili Karısı Mitali

Mitali benim sevgili karım
Aynı zamanda, o benim hayatımdı
Su olmadan yeryüzünde yaşam imkansız
Eşin yokluğunda, hayat artık ölçülebilir
Her an yokluğu aşikardır;
Gece karanlık, gökyüzü kara bulutlarla dolu
Zihin binlerce cevaplanmamış şüpheyle doludur
Ateşböcekleri, ilerlemek için tek ışık kaynağıdır
Birkaç adım ileriye gitmek büyük ödül olacaktır
Güneş yeniden doğacak ve yeni ödüller getirecek.

Kim Ağlayacak?

Öldüğümde, sadece seçilmiş birkaç kişi ağlayacak
Yeni arkadaşlar için, tüm hayatım boyunca denemedim
İlişkileri geliştirmek için utangaç kalırım
Paranın satın alabileceği sevgi, saygı diye düşündüm;
Bütün hayatım boyunca kariyer ve para için meşguldüm
Bu iki noktada yolculuğu yoğunlaştırdım
Doğa ile dengeyi ve uyumu korumayı unuttum
Şimdi aniden kader turnuvamı bitiriyor;
Mezarlıkta yalnızım, kimse gelmiyor
Kalkış zamanlamasını düşünmeden kaçırılan hayat
Yani, mezarlıkta, yalnız ben ağlıyorum
Daha iyi bir yolculuk için denemekten asla vazgeçmeyin;
Kimse seni aldığın para için hatırlamayacak
Ama insanlarla ilişkiler için, tanıştın
Bugün yeni bir tutum belirlemek için en iyi zaman
Tren platformdan ayrıldıktan sonra çok geç olacak.

Acı ve Zevk

Şimdi her şeyi acı içinde yapıyorum
Yine de konfor kazanmak için her şeyi yapmak
Konforun zevk verip vermeyeceğini bilmiyorum;
Zevk ve acı aynı yerde yaşar
Biri diğerini ifade ettiğinde dinlenin
Ama ömür boyu aynı yuvada yaşarlar;
Vücuttaki aşırı ağrıya bile, beyin tahammül edemez
Bazı insanlar zevk için vücutta ağrıya neden olurlar
Keder için teslimiyetten başka çare yoktur.

Mistry hala zor

Yaratılışın gizemi hala zor

Bilinmeyene itaatkârız

Varlığımızın nedenini bilmiyoruz

Tek adımda direnç olmadan hareket edemeyiz

Her yerde doğal güçlerin varlığı vardır;

Temel sorular sorarsak, cevaplarımız yoktur

İkna edici olmayan bilim ve din tarayıcıları

Peygamberlerin Tanrı'yla gerçekten karşılaştıklarına dair hiçbir kanıt yok

Evrene kıyasla, bilim küçük bir ayak parmağıdır

Doğumdan sonra yaşamaya zorlanırız ama ölümden kaçınamayız.

Cevap Yok

Doğum, evlilik ve ölüm Tanrı'nın elindedir
Asla doğmayı ya da belirsizlik içinde ölmeyi istemedik
Bir kez evlendikten sonra, aynı zamanda ayrılıkla da sonuçlanır
Ya boşanma yoluyla ya da ölüm yoluyla
Ama ayrılık için asla hazırlık yapmayız;
Her hikaye herhangi bir kontrol olmadan farklıdır
Ayrılıkla yüzleşmek için bazıları güçlü ve cesurdur
Bazıları dayanamaz ve hızla yaşlanır
Cevap vermeden Tanrı'ya sorular sorun
Bu şekilde dünyada hayat sonsuza dek devam eder.

Tanrı'nın İsteklerine Uymalıyım

Evdeki her şey aynı şeyi hatırlatıyor

Ama hayatın oyun kurallarını değiştirdi

Bir elim ve bir bacağım olmadan, topalım.

Bu durum için kimseyi suçlayamam

Kalbim şimdi bir fotoğraf çerçevesine hapsolmuş durumda;

Ben hayatta kalana kadar hayat sonsuza dek değişti

Acı ve keder asla azalmayacak

Kalbimde her zaman kalacak

Ona olan sevgim ve şefkatim benim gururumdur

Başka seçeneğim yok; Tanrı'nın isteklerine uymak zorundayım.

Daha İyi Bir Yarın İçin Hayal Ediyorum Ama .....

Geceleyin her zaman daha iyi bir yarın hayal ediyorum

Ama sabah gazete bana üzüntü veriyor

İnsana karşı zulüm ve hoşgörüsüzlük her geçen gün artmaktadır

Daha iyi yarınlar için umudumu kaybettim, gökkuşağı ve ışını

Zalimliğin, hoşgörüsüzlüğün, nefretin bedelini insanlık ağır ödeyecek;

İnsanlar babayı, anneyi, karısını, yakınını ve sevgilisini kolayca öldürebilir

Günah ve ceza için insanların çoğu korkmaz

Teknoloji yeni evren arayışında zirveye ulaştı

Fakat uygar insanın zihniyeti tersine dönüyor

Şiddetin, savaşın ve öldürmenin olduğu bir dünya bunu hak etmiyor.

Hayat Hiçbir Şey Vaat Etmiyor

Yolculuğun sonunda hayat hiçbir şey vaat etmiyor
Yine de hepimiz bir şeyler yapmakla meşgulüz
Hayat bizi yemek yemeye, gülümsemeye ve ağlamaya zorladı
Bu evrende hiçbir şeyin sonsuz olmadığını biliyoruz
Zamanın okunda, pazarlık yoktur;
Yolculuk zorlu, gözyaşları ve üzüntü dolu
Umudumuz iyi günler ve daha iyi yarınlar için
Kimse yarın kemik iliği nakline ihtiyaç duyabileceğini bilmiyor
Onu hayatta tutmak için aile ve arkadaşlar ödünç almak zorundadır
Ama hayat keder ve kederden başka bir şey vaat etmiyor.

Hayat Zor

Hayat adaletsiz, zor ve çetin
Önümüzdeki yol engebeli olabilir
Gülme fırsatımız olmayabilir
Görünmez bir virüs öksürük getirebilir;
Uzun vadede, yolculuk ödüldür
İlerlemekten başka çaremiz yok
Yolculuğu durduranlar korkaktır
Yorgun olduğunuzda tünelin içinde biraz dinlenin;
Sıkı ipi dengelemek zordu
Düşme korkusu büyük direnç gösterecektir
O zaman sessizce hareket etmek daha iyidir
Yolculuğu durum tespiti ile tamamlayın.

Herkesin Farklı Bir Hikayesi Var

Herkesin anlatacak farklı bir hayat hikayesi vardır
Bazıları için hayat cennettir, birisi için cehennemdir
Farklı insanlar farklı kokular hissedecekler
Her an herhangi biri uyarı zilini duyabilir
Yine de satmaya çalıştığımız mutluluk, neşe, gülümsemeler;
Külkedisi'nin hikayesi doğru değil
Çocukluk döneminde hiçbir fikrimiz yoktu
Yine de bir süpermen olmaya devam ediyoruz
Yaşlılık döneminde topal tavuk olduğumuzu fark ederiz
Ama iyi hikayenin hatırası o zaman bile gülümsemeler getirir.

Bir Kara Deliğin İçindeyim

Bir kara deliğin karanlığında yürüyorum
Ne ışık gelebilir ne de ondan kaçabilir
Sanki büyük patlama henüz gerçekleşmemiş gibi
Geçmiş, şimdi veya gelecek yoktur;
Benim varlığım sadece benim bilincimdir
Madde, enerji veya başka bir şey şeklinde değil
Kara delikte Tanrı'nın varlığı bile yanlıştır;
Ruh, ışık, ses bile maddi değildir
Arka delik ve onun sonsuz yerçekimi gerçektir
Bir gün bir patlama olabilir ve yeni bir bebek ağlayacaktır.

Hayatın Bir Nedeni Var mı?

Her şeyin bir nedeni olduğunu söylüyoruz
Ancak acı çekenler zihinsel hapishaneye indi
Onlar için bu en kötü çözümdür
Keder ve travma Tanrı'nın yanlış yaratımıdır;
Sebepsiz yere birçok masum acı çeken insan
Onlar için kalan hayat zehir olur
Karanlıkta yönsüz hareket ederler
Kimse hayatın son varış noktasının ne olduğunu bilmiyor;
Hayatın nedenini bile bilmiyoruz
Ama hayat keskin bir bıçak üzerinde yürümeye zorlandı
Bazen yutturmaca kanamayı unutun
Bir gün hayat sebepsiz ve eşsiz sona erdi.

Zamanın Alanında

Zaman alanında kimse kahraman değildir
Yarın sıfır olabilirsin
Gündelik kahramanlar öldü ve doğdu
Sadece birkaç hafta boyunca insanlar yas tutar;
İskender, Napolyon farklı değil
Ayrıca sürekli akan akıntıda öldüler
Kader seni her an dünyadan alabilir
Huzur içinde yat halkın yorumu olacak;
Ayak izleriniz zamanın kumunda kalmayabilir
Eğer iyi ve mutlu bir şekilde yaşayabilirseniz, bu en önemli şeydir
Zamanınızı nefret, öfke ve suçla mahvetmeyin
Kahraman bile yarının onun zamanı olmadığını bilmez.

Elbisemi Beklerken

Kimse kederimin derinliğini anlamayacak
Dünyadaki hiçbir şey bana rahatlama sağlayamaz
Hayat artık uçuruma tırmanmaktan daha zor;
Maneviyat benim yolculuğumun yolu değildi
İnsanlığa iyilik yapmak benim turnuvamdı
Bu yolu mevcut birçok yol arasından seçiyorum;
Şimdi hayatımın sütunları yıkıldı
Artık hayatta zenginliğe ve taca gerek yok
Cenaze elbisemi sabırsızlıkla bekliyorum.

Ayinleri

Ölüler için tüm ritüeller sahtedir
Onların yararına rahip alır
Kederde, ritüeller sadece fren yapar
Bizim için farklı yolculuklar ritüeller yapamaz
Sevgili Varlığın ölümünde keder gölündeyiz;
Yine de, bizim için ritüeller dikkati başka yöne çeker
Ama kederden bu geçici bir çözümdür
Tekrar ve tekrar keder yeni bir çözümle birlikte gelir
Zaman sadece yavaş seyreltme yapabilir
Hayatımız durumun kölesi haline gelir.

En İyi Şifacı

İnsanlar zamanın en iyi şifacı olduğunu söylüyor

Ama bazen bir katil olur

Bazen zaman keder taşıyıcısıdır

Tatlı anılar daha neşeli hale getirebilir

Hafıza şeridinde zaman engeli yok;

Fiziksel dünyada geçmiş sonsuza dek gider

Ama zihinde, hatırladığımız her şey

Kalplerimizin odasından hiçbir şey aşınmaz

Ayrılan ruhlar daha değerli hale gelir

İyi anılar da bizi daha güçlü kılar.

Zihinsel Entegrasyona İhtiyacımız Var

Doğal evrimi gördük

Doğal seleksiyon gördük

Tanrı'nın enkarnasyonunu gördük

Siyasi devrim gördük

Ama sorunlarımızın çözümü yok;

Şimdi daha iyi düşünmeye ihtiyacımız var

Şimdi rasyonelleştirmeye ihtiyacımız var

Artık bilimsel standardizasyona ihtiyacımız var

Daha fazla permütasyona ihtiyacımız yok

Din, siyaset ve bilim entegrasyonuna ihtiyacımız var.

Kayıp Bağlantı

Bağlantı, maymunlar kuyruğunu kaybediyor ve homosapien oluyor hala eksik

Gerçi uygarlık adına, doğayı, insanoğlu yok ediyor

Homosapien'in gelişinden önce, ortam sakin ve saftı

Tüm canlılar yemek ve hayatta kalmak için yeterli yiyecek alıyorlardı

En güçlü olanın hayatta kalması, o dönemde de doğanın kanunuydu.

Ancak biyolojik çeşitlilik ve ekolojik dengeyi toto'daki hayvanlar izledi

İlerleme adına ağaçları kesmeye, tepeleri ve adaları yok etmeye gerek yok

Yollar, barajlar, havaalanları çok fazla türü sıkıntıya itti

Bombalar ve savaşlar sadece milyonlarca insanı öldürmekle kalmadı

Ayrıca diğer birçok doğal ve canlı varlığı da yok etmiştir

Uygarlığın iki ucu keskin kılıcı bir gün insanın neslinin tükenmesine neden olacak

Dört ayaklı hayvanlar gezegeni bir kez daha yönetecek.

Zirvede Değiliz

Medeniyetimizin en iyi ve üstün olduğunu iddia ediyoruz

Diğer tüm eski uygarlıklar tarımsal ve aşağılıktı

Relativiteyi öğrendikten sonra bile bunu iddia ediyoruz

Mevcut medeniyetin üstün olduğunu iddia etmek aptallıktır

Medeniyetler geldi ve zamanın alanında yok oldu

Bir medeniyetin ilerlemesini veya tarımını değerlendirmek için, zaman asal bir konudur

Birkaç bin yıl sonra, medeniyetimiz az gelişmiş olacak

O zamanın insanları bize gülecekler, biz aptal ve aşağılıktık

Şu anda gelişimin zirvesinde olduğumuzu iddia etmeyin

Biz sadece doğayı bir şekilde tahrip eden bayrak yarışı bayrağını taşıyoruz.

Sırt Isırma

Zihinlerin çatışması gerçektir ve olabilir
Telepati desteklemek için doğal sinyaller
Sırt ısırma sinyalleri iletebilir
İlgili insanı kabul etmek mantıklıdır
Dostlar düşmana dönüşür ve düşman sevgili olur
Gıybet ve eleştirmek için korkmak daha iyidir
Hayatta kalıcı bir dost ya da düşman yoktur
Her şey kolaylık ve kazanç meselesidir
Dostlar ve düşmanlar yağmura bağlı olarak gelir ve giderler
İletişim kurmadan birini uzaktan övün veya sevin
Başka bir kişinin olumlu dikkatini gözlemleyebilirsiniz
Sırt ısırma ile zihin çatışmalarını ateşlemeyin
Yalnız kötü sözleriniz rahatsız edici olabilir.

Dört Hedef

Yaşamın amacı iyi yemek, iyi uyku, iyi sağlık ve gönül rahatlığıdır
Yaşamın tüm bu önemli şeylerini elde etmek ve bulmak kolaydır
Tek gereklilik günlük yaşamda odaklanma ve disiplindir
Disiplin alışkanlığınız haline geldiğinde, bunları kolayca başarabilirsiniz
Doktorlara veya spiritüel gurulara ağır ücretler ödemeye gerek yok
Egonuzdan kurtulduğunuzda, açgözlülük yapın ve olumlu tutumu benimseyin
Tüm iyiliği ve yalnızlığı elde etmek çok kolaydır
İyi bir uyku için her zaman zor yol ve araziye gireriz
Sadece yürümek ve aktiviteler yapmak, elde edebileceğiniz iyi bir uyku
Gerginlikten arınmış zihin uyku için de gerekli, meditasyon verebilir
Masraflarınızı spor salonunda, gezi gezisi için, saklayabilirsiniz
İyi bir uyku için sizin için saray binasına gerek yok
Yol kenarında bile, iyi uyurken, çok az şey bulabilirsiniz
Temel şeyleri başarmak için tutumunuzu ve zihniyetinizi değiştirin
Sadelikle ilerlerken, gülümseyebilir ve şarkı söyleyebilirsiniz.

Paradoks

Karbon, hidrojen, oksijen ve silikon nereden nasıl ve neden geldi

Bilimin mükemmel ve ikna edici bir formülü veya açıklaması yoktur

Big-Bang sadece tartışılabilir ve doğrulanmamış hayal gücü ve varsayımdır

Hidrojen ve oksijenin birleşiminden sonra, bilim tüm tanımlara sahiptir

Evrim sürecinin neden canlıları yaratmaya başladığı bilinmemektedir

Bize sadece atomların birleşiminden büyüdüğümüz söylenir

Araştırmaların bir noktasında, dinler daha iyi konumdadır

Görünmez Yüce Tanrı aracılığıyla, tüm çözümlere sahipler

Fakat meraklı zihinler her zaman atomların ne zaman, nasıl ve neden birleştiğini soracaktır

Tüm paradoksları çözmek için insan beyni ve bilim adamları belirlenir.

Tüm Hayvanların Bilinci Aynı Değildir

Tüm memelilerin bilinci aynı değildir

Bunun için evrim süreci suçlanmalıdır

Aynı evrim boyunca, onlar da geldiler

Ancak süreç arasında topal kalırlar

İnsanoğlu tüm kredilerini ve şöhretini aldı;

Farklı bilinç de kayıp bir halkadır

Memelilerde bile, erkek ve dişi farklı şekilde yanıp söner

Bütün güller de aynı renkte pembe değildir

Kayıp halkanın nedenini düşünmek zor

Tüm malzemeler protonlardan, elektronlardan yapılmıştır, ancak hepsi çinko değildir.

Hayat Sadece Bir Sirktir

Dünyada gerçek bir amacımız yok
Aslında, hepimiz büyük sirkte jokeriz
Amacımızla ilgili tüm teoriler düzmecedir
Hayatlarımız mantardan farklı değil
Sözde amaç zihinsel valgustur;
Yaşam denilen rastgele kozmik bir olay
Sahte mükemmellik umuduyla, çaba göstermeye çalışıyoruz
Hayatın iki ucu keskin bıçak olduğunu geç anlarız
Seksen yaş üstü yaşta, tüm anlayış amacı yutturmacaydı
Hayat sadece farklı tipte komik bir sirkti.

Güvensizlik Sorunu

Kalbimiz kırıldı başarısızlıktan dolayı değil
Kalbimiz kırıldı çünkü güvensiziz
Görev süremizin ne kadar süreceğini bilmiyoruz
Ama yolculuk belirsizdir, biz eminiz
Kırık kalp için, hızlı bir düzeltme tedavisi yoktur;
Güvensizlik insanların çoğu için sorundur
En zenginler için bile, üstesinden gelmek kolay değildir
Başarısızlıkta, acıları üç katına çıkabilir
Kalpleri kırarken, güvensizlik dalgalanma yaratır
Nihayetinde insanlar İsa ve İncil'de reddedilirler.

Cevap Vermek İçin Yeterli Bilgi Birikiminde

Sordum, yolculuğum ne kadar sürüyor? Ne kadar süre?
Onlar sadece, güçlü ol, güçlü ol diye cevap verdiler
Ne kadar süre diye sormak temelde yanlış mı?
Ne kadar süre diye sorduğumuzda maşa olarak kabul ediliriz
Sorgulayanlar, farklı bir hong'a sokulurlar;
Bilgi, hikmet ve merak sormaya zorlandı
Ancak günümüz bilgi havuzunda, bu zor bir iştir
Bu soruda din ve bilim maske takmaya çalışıyor
Cevap olmadan, güneş ışığında, hayat güneşlenebilir
Yaşamımız boyunca, cevap maskesini düşürmeyecek.

Neden Eski Korku Ölüm?

Bütün yaşlı insanlar ölümden korkarlar, çünkü bu acı verici bir gerçektir

Gerçek ve adalet için, mücadele her zaman gençler tarafından yönetilir

Ölümden korkmuyorum, asla genç erkeklerin ağzından gelmiyor

Çünkü gençler bunu söylemenin gerçek dışı olduğunu biliyorlar

Ama yaşlı adam, "Ölümden korkmuyorum, couth'a ihtiyacım var" diyor;

Ölüm korkusu ve yaşam arzusu temel içgüdüdür

Yaşlılıkta çok fazla yerine getirilmemiş dilek belirginleşir

Yaşlı adamın en iyi arkadaşlarının çoğunun soyu çoktan tükenmiş

Ölümün gerçekliğini kabul etme cesareti teneke olur

Yaşlı insanlar için gerçek ve gerçeklik özlü hale gelir.

Başkalarını Suçlamayın

Başarısızlığınız için kimseyi suçlamayın
Hayatında sen kaptan denizcisin
Yaşam savaşı yalnız savaşçı olarak savaşmak zorundasın
Cesur olmalısın ve kendi kurtarıcın olmalısın
Başarı ya da başarısızlık, bir gün kıdemli olacaksın;
Başarısızlık için başkalarını suçlardık
Bazen diyoruz ki, bu baba yüzündendir
Birçok yetim annesiz başarılı olur
Yani, başarısızlık için, kendinizi suçlamak yerine
Şimdi kendinizi ıslah edin, başka bir hayata kavuşamayacaksınız.

Karşılaştırma ve Rekabet

Dünya denen bir dünyanın periferisinde yaşıyoruz
Karşılaştırmalarla asla cesur olamayız
Kendi hayatımız ve korumamız gereken güçlü yönlerimiz
Aksi takdirde, güzel hikayemiz anlatılmadan kalacaktır
Karşılaştırmak yerine, kendi hikayeniz ortaya çıkıyor;
Maddi bir şey elde etmek için rekabet halindeyseniz
Getireceği bir sürü sefalet ve işe yaramaz eşya
Kral olmak için mezara gitmeniz pek mümkün değildir
İskender gibi, ortada çırpınabilir, acınız
İnsanoğlunun gerekliliğinden memnun olmak daha iyidir.

Aynı Lateen ile Yolculuk

Diğer taraftaki çimler her zaman yeşildir
Komşuları kıskanmak için insanlar çok isteklidir
İçinde acı var, Diana kraliçesine bak
Başkalarının başarısını kutlamak, nadiren görülür
Sadece birkaç arkadaş canlısı genç arasında olur;
Dış dünyayı göstermek için, insanlar
Komşu olarak, ara gibi davranmalısın
Komşuları kıskanmak ekranınızdan çıkmalı
Becerilerinizle, kendi güzel treen'inizi yapın
Yolculuğunuz aynı teknede aynı geç saatlerde.

Dün herhangi birini takdir ettiniz mi?

Takdir etmeyi öğrenmek önemlidir

Hayatımız, doğal olarak her gün değer kaybeder

Sosyal aktivitelerde katılım önemlidir

Sosyal yaşam ve ilişkiler çok hassastır

Bizi sevmek ve saygı duymak, dikte edemeyeceğimiz hiç kimseye;

Sosyal yaşamda hiç kimse içsel ya da astımız değildir

Takdirimiz, saygı yoluyla, insanlar karşılık verecektir

Yazılı takdirle, kimlik doğrulaması önemlidir

Her zaman yalnız eleştirirsek, insanlar yabancılaşır

Gülümseme ile takdir etmek, motive etmenin iyi bir yoludur.

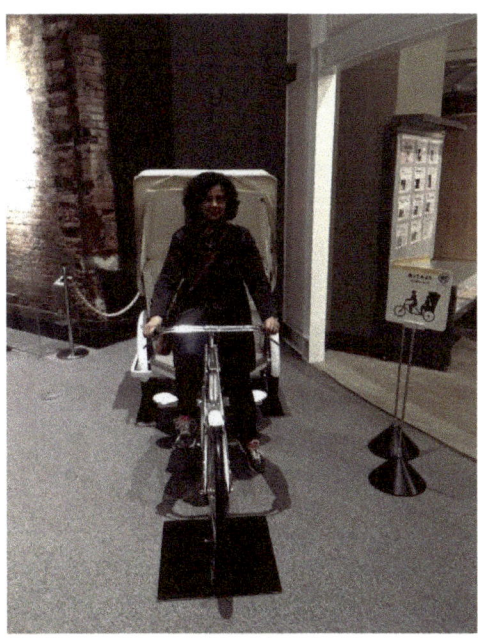

Olumlu düşünelim, yapıcı çalışalım

Hayatın amacı hakkında endişelenmeyelim
Arkadaşlarınızla ve eşinizle eğlenmek daha iyidir
Sonsuz galaksiler ve yıldızlar hakkında düşünürsek
Kavgaları ve savaşları durdurmaya asla yardımcı olmayacaktır
Şimdiye kadar Mars hakkında detaylar bile bilmiyoruz;
Birey kendi amacını tanımlayabilir, ancak bu görecelidir
Farklı dinlerin tanımı da özneldir
Bilim, gösterge niteliğinde bir amaç tanımı bile veremez
Dinin amaç konusundaki yaklaşımı muhafazakârdır
Kendi amacımız olmalı ve hareket etmeliyiz, bu olumlu olmalıdır.

Nihai Hedef

İster zengin, ister fakir, ister orta sınıf olalım.
Nihai hedef iyi sindirim ve uyku içindir
Bu ikisi olmadan, iyi sağlığı koruyamayız
Daha fazla kazanmak için uykusuz geceler geçirdik
Ancak geceleri iyi uyumak hayatın amaç özüdür;
Ne para, ne de yumuşak yatak veremez, mükemmel uyuyun
Bunun için iyi sağlık ve fiziksel çalışma önemlidir
Tam bir yemek yemek için bile, aç olmak önemlidir
İştahsızlık ve kötü uykuyla, mutluluk kaçar
İç huzuru ve iyi sağlık için de içerirler.

Benim İçin Ritüeller Yapma

Ben öldüğümde ritüeller yapma
Eğer gerçekten seviyorsan sadece ağla
Aksi takdirde gülümseyerek güle güle deyin;
Tüm ritüeller sahte ve yalandır
Para çıkarmak için Rahip deneyin
Parasız Rahip uçacak;
Tanrı'yı tabanında karşılamak için komisyonculara gerek yok
Davamı karşılayıp sunma yeteneğine sahibim
Sefalet ve ıstırap için noktamı yükselteceğim;
Eğer sevgi dolu babam tarafından cehenneme itilirsem
Onun adaletsizliği ve zalimliği için dolaşacağım
Tecavüz yaklaştığında teslim olacağım;
Ne rahip ne de dua beni kurtaramaz
Ben kendim cesurca her şeye gücü yetenle yüzleşmeliyim
Eğer Tanrı hata yaptıysa, bunu göreceğim.

Daha Uzun Yaşamak

Her erkeğin amacı daha fazla yaşamaktır
Uzun ömür için sağlık temeldir
Kimse gelecekteki mağazada ne olduğunu bilmiyor
Uzun ömür bazen sıkılır
Tekerlekli sandalyede yaşam fakirden daha kötüdür;
Bugün bir gülümsemeyle iyi bir hayat yaşayın
Bir süre imtiyazsızlar için düşünün
Dünyada birkaç bin mil seyahat edin
Yalnız başına daha uzun yaşamak toz toplama dosyasıdır.

Antibiyotik

Antibiyotikler her zaman şifacı değildir
Bazen bir katil olur
Onlar ilaç şirketlerinin satıcısıdır
Doktorlar aracı satıcıdır
Oysa antibiyotik tıp dünyasının hükümdarı;
Antibiyotik olmadan daha fazla ağrı olacaktır
Ölüm binlerce kişiye yağmur gibi gelecek
İyi sağlıkla bağışıklık kazanmaktır
Önleme, her zaman eğittiğimiz tedaviden daha iyidir
Ancak yaşam tarzımızda kalmak imkansızdır.

Bugün Neşeli Olun

Bugün en parlak olabilir
Yine de gece en karanlık olabilir
En hızlı koşmayı kaybedebilirsiniz
Hastalık en bilgeyi esirgemeyecek
Ölüm en zenginine bile gelecek;
Aydınlık günün tadını çıkarın
Bugün neşeli olmak doğrudur
Uçurtma gibi uçmanın zamanı geldi
Gün batımından sonra ışık olmayabilir
Yarın hayatta kalma savaşı olabilir.

Ayrılma ile Yaşa

Hayat birçok kızgınlıkla doludur
Hayat her zaman haksız muamele yapar
Hayatın da birçok başarısı vardır
Daha fazla başarı için çabalayın
Bir gün hayat iltifat edecek;
Hayatın adaletsiz olduğunun farkına varmak önemlidir
Hayatta hiçbir şey kalıcı değildir
Duygularımızı her zaman dalgalandırın
Her şeye kadir olana olan inancımızı kaybettik
Hayatı ayrılma ile yaşamak daha iyidir.

Kalıcı Dost veya Düşman Yok

Hiç kimse kalıcı dost veya düşman değildir
Hepsi hayatta geçici parıltı
Bir gün herkes gidecek
Yargılayıcı olma, yavaş ol
Nehir gibi, dostlar ve düşmanlar akacak;
Dünya bencil insanlarla dolu
İyi bir arkadaş edinmek kolay değildir
Çok fazla arkadaşınla dribling yapmak zorundasın
Düşmanlara da bazen alçakgönüllü olun
Ayrıca sorun sırasında size yardımcı olabilir.

Aşk Bir Hastalıktır

Aşk tedavi edilemez bir hastalıktır
Zamanla her zaman artar
Momentum durabilir
Hayatın donabileceği her an
Aşk serin bir esinti olsa da;
Aşk hayatın akışını değiştirir
Sevgi dolu karınız olması şartıyla
Ama bazen bir bıçak gibidir
Huzurun sonsuza dek silinebilir
Birçok insan için gerçek aşk yutturmacadır.

Her Şeyin Son Kullanma Tarihi Var

Evrendeki her şeyin bir son kullanma tarihi vardır
İnsanlar söz konusu olduğunda, buna kader dedik
Birisi erken ölür, biri geç ölür
Ölüm zamanı ile ilgili olarak kimse bahse giremez
Evcil hayvanımızın ölüm zamanını bile tahmin edemiyoruz;
Yaradan onu bir gizem olarak elinde tutar
Böylece duaları gerekli hale gelsin
Son kullanma tarihi boyunca insanı bir sınır içinde tutar
Kontrol ölümü insanın bölgesinde değildir
Ölüme kadar varsayılan olarak yaşamak, tek başımıza hedefimizdir.

Hayat Her Yerde Aynı

Doğum ve ölüm, her yerde hayat aynıdır
Farklı olsa da geçici oyun olabilir
Doksan dakika oynadıktan sonra yorgun ve topalsınız
Zamanın kumunda bile, geçici isim olacak
Kazansanız da kaybetseniz de suçlayacak kimsenin bir anlamı yok;
Gökyüzü, hava ve suyun hiçbir yerde farkı yok
Mavi renkli kanı bir yerlerde nasıl bulabilirsin?
Sevgi, kardeşlik ve insanlık sadece paylaşılacak konulardır
Şaşırtıcı bir şekilde şimdi bir gün tüm bunlar nadirdir
Evrensel kardeşlik ve tek bir dünya için kimsenin umurunda değil.

Günaydın

Sabah her zamanki gibi iyi geliyor
Sadece günü iyi ya da zalim yaparız
Bazı günler kıskançlığa yeni yakıtlar ekleriz
Ertesi gün bir arkadaşımızla kavga etmeye başlıyoruz
Bir sabah komşularımızla ikili kavga ederiz;
Sabahlar hayatımızda asla kötü gelmez
Masalsı balayı günleri karısı gibidir
Ama günü kötü yapmak için bıçağı keskinleştiririz
Kötü günlerde, kötü yaşam tarzı çabalıyor
Kalplerimizde, günaydın canlı olmalı.

Uzun Yaşamak İstiyorsanız

Uzun yaşamak istiyorsan
Sağlığınızı güçlendirin
Aksi takdirde, zihin yanlış gidecektir
Sadece hüzünlü şarkıya imza atacaksın;
Yalnız başına daha uzun yaşamak yeterli değildir
Unutmayın, yaşlılıkta hayat zordur
Yolda ilerlemek için sert olmalısın
Kimse öksürüğü olan yaşlı adama eşlik etmeyi sevmez;
Sağlıklı beden ve zihinle uzun ömürlülük iyidir
Yatağa bağımlı yaşlı insanlar sadece yiyecek tüketir
Aile ve arkadaşlar yavaş yavaş kötü ruh hali gösterir
İyi bir sağlık olmadan, erken yaşta ölmek daha iyidir.

Bu Yıl Doğum Gününüzü Kutlayın

Doğum gününü kutluyoruz, çünkü hedefe yaklaşıyoruz

Hedefe yaklaşmak her zaman büyük bir memnuniyettir

Son noktaya doğru mutlu bir şekilde ilerlemek için kararlılığa ihtiyacımız var

Doğum gününü kutlamak bize zihinsel zevk ve memnuniyet verir;

Bir gün her şeyi burada bırakmak zorunda olduğumuzu unutmak istiyoruz

Yani, doğum günü eğlenme, arkadaşlarla tezahürat yapma ve paylaşma zamanıdır

Gelecek yıl, doğum gününde bazı arkadaşlar orada olabilir

Aynı arkadaşların sizinle birlikte olacağını iddia etmek yanlıştır ve adil değildir;

Bu doğum günü kutlanacak son doğum günü olabilir

Bu nedenle, eğlenceyle, yemekle kutlamaya ve titreşmeye hazırlanın

Bir sonraki doğum gününden önce ayrılsanız bile, pişman olmayacaksınız

Bu yılın büyük doğum gününü, ne siz ne de arkadaşlarınız unutmayacaksınız.

Hayat Altmışta Başlar

Bazıları hayatın altmış yaşında başladığını söylüyor
Ama bu hayat düşük yoğunluktadır
Bütün kadınlar doğurganlıklarını kaybetti
Erkeklerin çoğu keçeleşme aktivitesini kaybetti
İnsanlar duyarlılıklarının çoğunu kaybettiler;
Altmış yaşından sonra ragbi oynayamazsın
Futbol oynamak, artık hobiniz yok
Senin için kriket kırışıklığında vuruş yapmak sabby değil
Vücudunuzda diyabet, BP lobi yapar
Altmış yaşında başlamadan önce hayatın tadını çıkarın, anlayışlı olun.

Altmıştan Sonra Güzel Yaşam

İstediğiniz gibi alkol alamazsınız
Yüksek hızlı bisiklet sürmek tehlikeli
Kırmızı et koroner tıkanıklığı yok edebilir
Bir tepe yürüyüşü için gitmek zor
Evde eşinizle yeşil çay için;
Çocuklar alışkanlıklarınızı sevmeyecek
Yani, köpek ve tavşanlarla daha iyi oynamak
Torunlar 2G günlerinde olduğunuzu düşünüyor
Arkadaşlarıyla PUB-G oynamakla meşgul olacaklar
Hayat güzel olacak çünkü vizyon puslu.

Sadece yemekle yaşayamayız

En güçlü olanın hayatta kalması doğanın kanunudur
Yiyecek, kumaş, geleceğimizi barındırmak için mücadele etmek
Aşk, nefret, kıskançlık, açgözlülük bunların ayrılmaz bir parçasıdır
Ayrı tutamayacağımız seks ve üreme
İnsan gibi bir hayvan yaratmak için, Tanrı gerçekten akıllıdır;
Temel ihtiyaçlarla yaşayamayız, bu bizim içgüdümüzdür
Böylece, hayatımız yük ve telaşla dolu hale gelir
Teknoloji hastalıkları ve savaşı ortadan kaldıramadı
Güzel, rafine, acısız bir dünya hala çok uzak
İnsan hayatı ve insanlık her zaman yara izi ile olacaktır.

İnsan Tanrı'nın Elden Çıkarmasını Önerir

Tanrı önerilerimi hiçbir zaman olumlu bir şekilde reddetmedi
Eminim, önerilerim şüphesiz kötüdür
Aksi takdirde, Tanrı bazılarını olumlu bir şekilde çözmüş olurdu
Yine de sürekli olarak Tanrı'ya teklif ediyorum
Doğam beni bilmeden teklif etmeye zorladı;
Hiç bilmediğim teklifleri elden çıkarma kriterleri
Aksi takdirde, kesinlikle sadece birkaçını önerirdim
Öneriler şimdiki zamanımın basamak taşlarıydı
Öneriler olmasaydı hayatta ilerleme olmazdı
Şimdi hiçbir teklifim, kırgınlığım yok ve iyiyim.

Zaman İllüzyondur

Zaman sadece bir illüzyondur
İsraf etmeyin ve seyreltmesini yapın
Bunu kullanmak tek çözümdür
Geçmiş, şimdi, gelecek bir aradadır
Zaman asla kendi çarpıtmasını yapmaz;
Zaman kavramı sadece bir düşünme sürecidir
Canlı olmayan dağ için bile ilerler
Zamanı zalim ve gerileyen olarak suçluyoruz
Ancak zamanı kötüye kullanmak için alışkanlık haline geldik ve takıntılıyız
Sonunda olduğumuzda, sıkıntı haline geliriz.

Fanatik Olmayın

Dinden sonra fanatik deli olmayın
Din Covid19'a çözüm getirmedi
Din sadece zihinsel tatmin verebilir
Tüm dini yazı bilgileri doğru değil
Dinamik dünyada dinin değişime ihtiyacı vardır;
Din, insanların zihniyetini değiştiremedi
Savaşı durdurmak, çünkü din de basit değil
Din ile bile medeniyet sakat kalabilir
Saatin ihtiyacı hoşgörülü ve alçakgönüllü olmaktır
İnsani sorunları çözmek için basit şeyleri takip edin.

Big-Bang'in Kaderi

Eğer Big-Bang hipotezi gerçekten yanlışsa
Gelecekteki öğrenciler farklı şarkılar söyleyecek
Hindu felsefesi der ki, başlangıç yoktu
Sadece madde ve enerji Tanrı'nın geri dönüştürdüğü
JW teleskobunun gösterdiği şey baştan çıkarıcıdır;
Evrenlerin doğuşu hakkındaki hipotez kanıtlanmamıştır
Tüm teoriler felsefe ve hayal gücü güdümlü gibidir
Tanımlar, hipotezler insan beyninde yaratılır
Eski kavramları, öğretileri bir gün boşaltmak zorundayız
Öğrenme ve öğrenmeyi bırakma sonsuza dek sürekli bir zincirdir.

Daha Fazla Yaşam

Tanrı'ya şükürler olsun ki, İsa, Diana ve Bruce Lee'den daha başarılıyım

Bu yüzden, Tanrı'ya benden istediği her şeyi ücreti olarak ödemeye hazırım

İsa, Diana, Bruce Lee benden çok daha genç öldüler

Altmış yıl sonra bile, yaşam ağacında rahatça asılı duruyorum

Çünkü Tanrı bana bu üçünden daha fazla hayat vermek istiyor;

İnsanların çoğunluğu hayattaki başarının daha uzun yaşamak olduğunu düşünüyor

Yani, daha iyi bir yaşam için tabanlarını asla daha güçlü hale getiremezler

Yüz yıl yaşamak, komada bile, çoğu kişi daha mutlu olacak

İnsanlar bugün daha fazla yaşama umuduyla yaşayamadılar

Ama ben her zaman 'Seksen günde dünyanın dört bir yanında' turunu tercih edeceğim.

Tanrı'nın En İyi İltifatı

Ölüm gerçektir ve ruhum için nihai teselli
Ancak aile ve arkadaşlarda her zaman bir delik yaratır
Nehri geçtikten sonra acı yok, kazanç yok
Sonsuza dek bizim için sadece sonsuz huzur ve rahatlık
Ancak, aile ve arkadaşlar buradaki acıya tahammül edemezler;
Eğer Tanrı varsa, kesinlikle ruhlarımız ahlaksızdır
Aksi takdirde ölülere, haraç çiçeği vermenin bir anlamı yok
Yaratıcı olarak Tanrı her zaman saf olmayan elementi geri dönüştürmeyi tercih edecektir
Günahkâr ruhlar tarafından acı çekmek için yeniden doğuş tamamlayıcıdır
Geri dönüşüm için zorlamamak, Tanrı'nın en iyi iltifatıdır.

Hayal Gücü ve Bilgi

Hayal gücü bilgiden üstündür
Hayal gücünün kabul edebileceği yeni konsept
Bilgi eski kavramın devamıdır
Zaman içinde kanıtlanmış şeyleri şüphesiz kabul ediyoruz
Hayal gücü, algıladığımız aklımızdaki yeni şeydir;
Bilgi kitaptan edinilebilir
Hayal gücü için açık bir bakış açısına ihtiyacımız var
Modern atom fiziği hayal gücüyle başladı
İnce ayar ve Bilgi kuantum çözümü sağladı
Bilgi tek başına uygarlığın ilerlemesini zorlayamaz;

Taşınmaz Mal

Arazi sizin için sadece sınırlı bir süre için Taşınmaz Maldır

Toprağın tadını çıkardığınız sürece ve ürünleri iyi olduğu sürece

Taşınmaz varlıklar sizin için yalnızca zaman etki alanında mevcuttur

Yaşam boyu kazanç olan ürünün tadını çıkarırsınız

Süreniz dolduğunda, taşınmaz mal için kalmayacaksınız;

Taşınmaz mallar bile hayatınızı Taşınmaz yapamaz

Hayatta daha fazla taşınmaz mal daha fazla sorun demektir

Torunlar için varlık elde etmek için bugün fedakarlık yapmayın

Belirsiz insanların belirsiz geleceği için neden yük taşıyorsunuz

Yemek, şarap, dans, seyahat etmenin tadını çıkarın; Birdenbire her şey olabilir.

Taşınmaz Mal 2

Taşınmaz mal için çılgınca koşuşturmada
Mevcut hayatımızın tadını çıkarmak için, unuturuz
Her zaman bütçe açığımız maliye ve bütçemizdi
Üçüncü bir daire almak hedefimizdi
Yetmişten sonra farkına varır ve pişman oluruz;
Kullanamadığımız sanal takdiri aldık
Yetmişte satmaya çalışırsak çocuklar reddedebilir
Yaşlılıkta onları aşırı yönetmek istismarı getirecektir
Genç, cesur ve sağlıklıyken bilge olun
Yetmişli yaşındayken Avrupa seyahatinizi eşinizle gülümseyerek hatırlayacaksınız.

Belirsiz Bir Yolculuk

Yaşam yolculuğuna ne kadar devam ettiğimizi bilmiyoruz

Çünkü yolculuk için herhangi bir gelir vermedik

Nereye gittiğini bilmeden trene bindik

Böylece, yolculuğun başlamasıyla birlikte her yenidoğan ağlamaya başlar

Belirsiz yolculuğun tatmin edici olmayacağını bilirler;

Hayat ilerledikçe ağlayarak gülümsemeye başlarız

Bazen utangaç kalmaya zorlanırız

Yolculuğumuzu konforlu hale getirmek için deniyoruz

Yine de, koşullar yolculuğumuzu kurutuyor

Birdenbire bize söylendi, yolculuk tamamlandı, güle güle deyin.

Kurban

Gibi, başkaları için yapmamız gereken fedakarlıklarla doludur
Bazen aile için, bazen komşular için
Bazen ulus için, bazen nedenler için
Tanrı için yapılan fedakarlıklar bize her zaman zevkler verir
Ama hayat yolculuğunda fedakârlık kimse önlem almaz;
Fedakarlık olmadan hayat çok bencil olacaktır
Hayvanlar gibi bir gün hayatımız bitecek
Tanrı için hayvanları kurban etmek günahtır ve yok olmalıdır
Paranızı, zamanınızı, yok olacak servetinizi feda edin
Masum yaşamı kendi çıkarları için feda ederek, Tanrı cezalandıracaktır.

Boşanma

Sevgi ve anlayış bağı yok
Fiziksel çekim geçici bağlanma sağlar
Balayından sonra her ikisi de arıza bulmakla meşgul
Yemek sırasında restoranda kavga başlar
Ayrılık kılıcı asılmaya başlar;
Çocuklar en kötü acı çekenler haline geldi
Acılarını ve ıstıraplarını kimse ölçmüyor
Birlikte yaşamak boşanmaktan daha iyidir
Çiftlerin çıkar bağlayıcı güçleri var
Boşanma, asi nesil yaratan kaynaklardan biridir.

Aşk

Aşk, canlılar için bağlayıcı güçtür
Alyanstan çok daha güçlüdür
Çünkü aşk krallığı kral tarafından terk edildi
Aşk söyleyebileceğimiz en güzel şarkıdır
Sevgi olmadan kimse insan olamaz;
Erkek ve kadın birliği olarak da sevişme diyoruz
Sevişmenin yokluğunda, parçalanmaya başlayacağız
Aşk, yeni neslin ve yeniden üretmenin gücüdür
Sevgi yüzünden insan uygarlığı devam ediyor
Söyle, seni seviyorum, sabahları sevgili ve yakınlara.

Umut

Umut, peşinden koştuğumuz havuçtur
Sopa bizi bir dönüş yapmaya zorluyor
Bazen sıra eğlenceli oldu
Bazen topuz için mücadele etmemiz gerekir
Sabah güneşi ile daha iyi bir gün geçirmeyi umarak devam ettik.
Havuç zaman geçtikçe kuruduğunda
Sopanın kuvveti asal hale geldi
Umutsuzluk hayatımızın acı dolu turnuvası oldu
Bir şekilde, yolculuğu tamamlamak istiyoruz
Yine de, umut motivasyondur, her günü yağmurlu yapmak değil.

Benlik Saygısı Ve Ego

Benlik saygısı başınızı dik tutmaktır
Ego kibirdir ve beyniniz bağlayabilir
Egoizm ile zihin kül olacak ve uçacaktır
Ego incindiğinde yenilgide, ağlayacaksın
Benlik saygısı ile dik durmak, her zaman denersiniz;
Benlik saygısı zihnin saflığından gelir
Ego içinde gönül rahatlığı bulmak imkansız
Diğer insanlara karşı asla nazik olmayacaksın
Zihnin kara kutusunda, bağlanacaksın
Benlik saygısı onu açabilir ve gevşeyebilir.

Nefret

Nefretin binlerce nedeni olabilir
Ama nefret edenler için bu her zaman ihanet gibidir
Eğer nefretini hapse atabilirsen bu iyidir
Size verilen zarar için, nefret çözüm değildir
Günahtan nefret etmek bizim kararımız olmalıdır;
Çürük zemindeki insanlardan nefret ediyoruz
Yani, her yerde çok fazla nefret edenler var
Daha iyi bir toplum için, sağlam değil
Kısır döngü içinde dönüp dolaşırız
Nefret, barış ve huzur sayesinde asla bulamadık.

Keder Acısı

Dayanılmaz bir acıdır
Reaksiyon zincirinde gelir
Drenaja çıkış yok
Nasıl tolere ettiğimiz esastır
Ölüm yoluyla barış kazanabiliriz;
Acı muson yağmuru gibi gelir
Keder beyindeki her andır
Onunla yaşamak için, zihnimizi eğitmeliyiz
Kederlere direnmeye çalışırsanız, boşuna olacaktır
Daha dayanılmaz olan acımız olacak.

Kar ve Zarar

Hayattaki kar ve zararın hepsi geçicidir
Parasal hesaplama ters düşebilir
Sağlığınızla her zaman dayanışma gösterin
Sadece hayatla birlikte, kar ve zararın sürekliliği vardır
Önemli olan bugünü pozitiflikle yaşamak;
Ömrün sonunda, kar ve zarar sıfırdır
Bugün hayatı bir kahraman gibi kayıplarla bile yaşayın
Kimse onun yarınının nasıl olacağını bilmiyor
Bugünün güneş ışığı bile üzüntü getirebilir
Unutmayın, hiçbir şey zamanın okunu değiştiremez.

Sefaletin Yeri (দুখালয়)

Dünya günahkâr insanlar için bir yerdir
Çoğunluk için dünyada yaşam basit değil
Açıklama olmadan, birçok genç hayat sakat kalıyor
Peygamberimizin belalarla dolu hayatı için bile
Hareket etmenin, kabul etmenin ve alçakgönüllü olmanın tek yolu;
Dünya bir sefalet yeridir (দুখালয়) Buddha şöyle demiştir:
Hastalıklar ve acılarla, dünya yaratıldı
Güneşin kırmızı olmasının nedeni bu olabilir
Dünyada hiç kimse için Tanrı mükemmel yatak vermedi
Sefalet ve ıstıraplar, biri öldüğünde sona erer.

Duramayız

Yaşamın temel içgüdüsü şöyle der: devam et, devam et;
İçgüdülerim sabahları beni ilerlemeye zorluyor
Zihin dur der, sonunda ödül yoktur
Mümkünse eski günlere geri dönün ve ödülünüzü toplayın
Ancak içgüdü, geriye gitmenin bir yolu olmadığını hatırlatır;
Durdurmak istesek bile, dürtüler izin vermez
Takip etmeye yazgılı olduğumuz zamanın oku
Hiç kimsenin zaman okunu durdurma gücü yoktur
İlerlemek için durarak, daha fazla üzüntü duyacağız
Dursak bile hareket edeceğiz, çünkü yarın var.

İyimser ve Kötümser

İyimser ağlayarak doğar ve ağlayarak ölür
Karamsar ağlayarak doğar, gülümseyerek ölür
Karamsarlar için gülümsemek yaşam biçimidir
Gülümsemeden, kötümser hayatta kalabilir
Gülümseme ve neşe için, kötümser çabalamaz;
Son aynı olsa da, mezarda bir zaman çekilir
Ama güzel oyun için, coşku iyimser kurtarır
Bu yüzden iyimserler sanatçı ve cesurdurlar
Karamsarlar kendi düşüncelerinin kölesi olurlar
Böylece, yaşam boyunca, karanlık mağarada yaşarlar.

Kıskançlık

Kıskançlık, aşağılık kompleksinin bir yaratımıdır
Asla eşlik eden zirve olmasına izin vermeyin
Kıskançlık zihninizi ve ruhunuzu zehirleyebilir
Hayatın güzel oyununda, faul oynayacaksın
Hayat kirlenecek ve ruh günahkâr olacak;
Başkalarının başarılarını zarafetle takdir edin
Kıskançlık içgüdüsü ortaya çıkmayacak
Bir yarışı kaybettikten sonra bile gülümseyecek ve keyif alacaksınız
Rahat, yaşam yürüyüşü ve hızı olacak
Kıskançlık akılda tutulduğunda, nefret de temel oluşturacaktır.

Ölüm Son Değildir

Ölüm sadece fiziksel bedenin sonudur
Sevgili Varlıkların zihinlerinde, gururla kalırsınız
Tüm eksikliklerin bulanıklaştı
Olumlu erdemleriniz cesurca genişler
Ölülerin, yaşayanların iyi mirası sağlam bir şekilde taşır;
Yaşam ve ölüm aynı madalyonun iki yüzü
Hayatın diğer tarafı, hafıza sadece katılabilir
Ölümden sonra tüm kötü anılar kaybolur
Ayrılan ruh için, herkes iyi dileklerde bulunur
Nasıl hatırlanacaksın, bölüm, ölüm bitmeden önce.

Yaş Sadece Bir Sayıdır

Yaş sadece mutlak olmayan bir sayıdır
Ölümle birlikte, sayı seyrelir
Daha uzun yıllar yaşadığımız için hiçbirini selamlamıyoruz
Otuz birde daha fazla haraç alabilir
Seksen yaşında bir başkası yoksul olabilir;
Daha yüksek sayı hakkında endişelenmenize gerek yok
Bir gün bilmeden teslim olmak zorundayız
Bazı insanlar gök gürültüsünde aniden ölür
Bugünün tadını çıkarın, zaman kaybetmeyin, en büyük hata
Zamanla, hayatın her türlü harikasını keşfedin.

Hindistan'da Yolsuzluk

Yolsuzluk, Hint kültürünün ayrılmaz bir parçasıdır

Yolsuzluklar konusunda çoğunluk akbaba gibidir

Para gaspı için, sistem işkenceye izin veriyor

Birçok plandan sonra bile, yoksulların geleceği yoktur

Kadere, savunmasız insanlar teslim olmaya zorlanır;

Yolsuzluk da dinin ayrılmaz bir parçasıdır

İnsanlar Tanrı'ya rüşvet vermenin kolay bir çözüm olduğunu düşünüyor

Yani, yolsuzluk yaptıkları için insanların tereddüt etmesi gerekmez

Hindistan'da kültür, din ve yolsuzluk bütünleşme içindedir

Hindistan'ın yolsuzluğunu özgürleştirmek için sosyo-kültürel bir devrime ihtiyacımız var.

Savaş ve Temel İçgüdü

İnsanın temel içgüdüsü affetmek değil, intikam almaktır
Bu yüzden her zaman cinayetler vardır ve hiçbir değişiklik yoktur
İnsan uygarlığının tarihi, intikam uygarlığıdır
Tarihi gerçeklerle ilgili kitaplar savaş tahribatıyla doludur
Sadece Ashoka barış için çalıştı ve bir geçit gösterdi;
Barışçıl yeni bir dünya hayali hala zor
Gün geçtikçe savaşlar tehlikeli ve yıkıcı hale geliyor
Hoşgörü ve affetmeyi teşvik etmek bilişsel olmak
Nefretin ve savaşın olmadığı bir dünya hedefimiz olmalı
Fakat insan doğasının temel içgüdüsü öznel kalacaktır.

Din Kafayı Kontrol Ettiğinde

Din kafanı kontrol ettiğinde

Entelektüel gelişiminiz öldü

Bağımsız düşünme açık kırmızı görecek

Kara kutunun içinde deli gibi yaşıyorsun

Ortaçağ yolunu takip ederek, kendinizi mutlu hissedeceksiniz;

Zihninizi özgür bırakın ve ötesini düşünün

Dar dini göletten çık

Yıldızlar ve evren ile bağınızı kurun

Tüm açgözlülüğünü ve yaranı unutacaksın

Dinde sadece dönüp dolaşabilirsiniz.

Doğayla Yaşayalım

Rahatlığımız ve rahatlığımız için doğayı değiştiriyoruz

Daha iyi bir yaşam kalitesi arayışı içinde hata yapıyoruz

Doğanın önünde, çok eski zamanlardan beri teslim oluruz

Diğer canlıları ve onların sorunlarını hiç düşünmedik

Çünkü yanımızda yüce hayvanın amblemini taşıyoruz;

Nehirleri bloke ettik, rahatımız için ormanları yok ettik

Doğal gölün doldurulması habitat geliştirmek, doğayı desteklemeyebilir

Yani, dengelemek için, iklim değişikliği doğa ithal etmeye çalışıyor

Doğa ve tüm canlılarla bir arada yaşamak daha iyi bir seçenektir

Doğanın tüylülüğünden ve yıkımından, erken bir çözüme ihtiyacımız var.

Orijinal Olun

Orijinal olun, başkalarının kopyası değil
Orijinal kopya her zaman daha iyidir
Denesen bile, baba gibi olamazsın
Sen onun gölgesi olursun
Orijinal olmak, merak edebilirsiniz;
Farklı niteliklerle güçlendirildiniz
Farklı şekillerde bazıları daha fazla miktara sahip olabilir
At ile kartalı karşılaştırma yapmayın
Hipodromda kartal mücadele edecek
Ama gökyüzünde at düşecek ve tokalanacak;
Orijinal olun ve kendi potansiyelinizi keşfedin
Unutmayın, herkesin yolları aynı değildir
Yolunuz daha az seyahat edilmiş ve engellerle dolu olabilir
Ama sonunda, daha fazla hediye paketi taşıyacaksınız.

Hindistan'da Yolsuzluk Yasa Dışıdır

Tayland'da yasa dışıdır
Hindistan'da rüşvet de yasadışı ve yasak
Ama sadece bunu yapmak için, insanlar kararlıdır
Hindistan'da yolsuzluğa her zaman izin verilir
Kırmızı elle tutuklandıktan sonra bile, kefalet verilir;
Hindistan'daki yozlaşmış insanlar asla cezalandırılmaz
Cezalandırılma korkuları hızla ortadan kalktı
İmaj lekelenmiş olsa bile kimse rahatsız olmadı
Beraat ettikten sonra, rüşvet açgözlülüğü asla bitmedi
Daha fazla yolsuzluk yapmak için enerjiyi, mahkemeler doldurdu.

Ruhsuz Yaşam

Bazen ruhsuz ve ruhsuz yaşamaya zorlanırız

Çünkü kalplerimizde kader ve kader büyük bir delik açar

Ancak çok fazla nedenden dolayı, rolümüzü sürdürmek zorundayız

Sadece geçen günler, aylar ve yıllar hedefimiz haline gelir

Kalabalığın arasında bile, Kuzey Kutbu'nda yalnızmışız gibi hissediyoruz;

Bütün hayvanların temel içgüdüleri yaşamaktır, ölmek değil

Tavuk kızartması yerken bir tavuğun içgüdüsünü kim düşündü

Ancak öldürme sırasında, hayvanlar da ağlar

Hayat kurtarmak ve daha fazla yaşamak için birçok hayvan dener

İnsanlar için ruhsuz ve ruhsuz yaşam, yalanın yaşamıdır.

Sefaletle Yüzleşseniz Bile Gülümseyin

Sadece benim sefaletimi düşünürsek, acı güçlüdür
Bu gerçeklerden ve yanlıştan uzak olacaktır
Bizimle binlerce kişi aynı şarkıyı söylüyor
Birçok insan için keder listesi çok uzundur
Biz sadece aynı yolu izliyoruz;
Acı ve zevk okyanusun gelgitleri gibidir
Hayatta sebepsiz yere hiçbir şey olmaz
Sefalet içinde, huzurunuzu hapse atmayın
Gergin olsanız bile her zaman gülümseyin
Uzun vadede, yolculuk çözüm getirecektir.

Geçici Yaşam

Bir Tac Mahal inşa etmek için, ben bir imparator değilim
Ben de korku yaratmak için Lord Shiva'yım
Sadece ben kalbin içinden beste yapabilirim
Ben acı çeken bir insanım çok aşağılık
Dünya koridorunda hayat geçicidir;
İnsanlar en güçlü kralları unutuyor
En güçlü kartallar bile kanatlarını kaybetti
Sevgili, kırık kalpte tutabiliriz
Güzel günleri hatırlamak ve gülümsemek akıllıcadır
Sonsuza dek, Tanrı'nın enkarnasyonu bile arabasını süremez.

İki Seçenek

Her sabah hayat bize iki seçenek sunar
Yaşamak ya da yaşamamak kendi kararımızdır
Yaşamak temel içgüdüye yön verir
Ama ölmek için farklı bir çözüm bulmalıyız
Çünkü kendi ölüm kararım tek çözümdür;
Ölmek canlılar için kolay bir iş değildir
Bekliyoruz, yarın daha iyi bir durum getirecek
Yarın ne olacak, kral tarafından bile bilinmiyor
Bugün yaşamaya karar verdiğinde, ringe gir
Günün tadını çıkarın, oyunu kazanın ve yüksek sesle şarkı söyleyin.

Uyuşmazlık Çözümü

Çatışma yaşamın ve doğanın bir parçasıdır
Birinin geleceğini yaratabilir veya bozabilir
Hayatımızda çatışmalar işkence verebilir
Topyekûn kaçınma çatışmaları mümkün değildir
Ancak çatışmaların çözümü mümkündür;
Çatışmalar olmadan, gerçek ortaya çıkmayabilir
Gerçekle ilgili olarak, birçok kişinin şüphesi olacak
Çatışma, anlaşmazlığı mantıklı bir sonuca iter
Çatışmalar yoluyla birçok can sıkıcı sorun çözüm bulur
Çatışmaların çözümü toplumsal gerilimi azaltır.

Kendi Mantosu

Yaşamak ya da yaşamamak kişinin kendi seçimidir
Bu konuda, başkalarının sesi yoktur
Sorunlarım ve acılarım insanlar seviniyor
Kimse faturalarımı veya banka borçlarımı ödemiyor
Bu yüzden, yargılayıcı testler için asla zahmet etmem;
Topal ördek olarak yaşamak çok kolaydır
Ölmek için gereken cesareti puslu tutuyoruz
Savaşta ölen cesur askerleri onurlandırıyoruz
Utançla kaçanlar yerleşmek zorundadır
Yaşamak ya da yaşamamak kişinin kendi mantosudur.

Her birey yargılayıcıdır

İfade özgürlüğü esastır
Her bireyi düşünmek farklıdır
Onların görüşüne göre herkes yargılayıcıdır
Görüş ayrılığı duruma bağlıdır
Farklılıklar için kavga etmek psikolojiktir;
Farklılıkları savunurken her zaman mantıklı olun
Sözlü konuşma kavga başlatmamalıdır
Zihninizin suçlu düşünmesine asla izin vermeyin
Bu, fiziksel olarak istenmeyen kavgalara yol açabilir
Haklılığınızı kanıtlamak için güç kullanmak etik değildir.

Tanrı'ya Dua Etmek Zorunlu Değildir

Tanrı'ya dua etmek zorunlu değildir
Onu övmek de yasal değildir
Rahip Tanrı'nın görevlisi değildir
Tanrı kendi bölgesinde yalnız yaşar
Oysa sonsuz evren onun dizinidir;
Evren kendi yasasına göre var olur
Evren hakkındaki bilgimiz ham
Doğa bize bağımsız bir zihin verdi
Kendimizin bulması gereken daha iyi bir yaşam yolu
Dualar sadece cömert ve nazik olmamıza yardımcı olabilir.

Eğer Tanrı Yoksa,

Eğer Tanrı gerçekten yoksa,
Soyu tükenmiş günah sorunu
Ahlakın hiçbir anlamı olmayacak
Bütünlük bağlayıcı olmayacaktır
Etik kendi sonunu görecektir;
En güçlü olanın hayatta kalması sağlamlaşacaktır
İnsan öldürmek suç olmayacak
Aşk hayvanların yolu gibi olacak
Duyguların tehlikeli bir etkisi olacak
İnsanlık otoyoldan raydan çıkacak.

Bugün Bir An İçin Durun

Çok eski zamanlardan beri zaman çok hızlı akıyor
Hayatta, aynı zamanda hızlı tek yönlü hareket ederiz
Böylece, göreceli hızımız işlevsel hale gelir
Hızlı yaşam bizi sosyal kalmamaya zorladı
Ama kaplan gibi, yalnız bir hayvan olarak yaşayamayız;
Bazen hızı azaltın, durun ve etrafa bakın
Doğanın keşfedilmemiş, görünmeyen güzelliği boldur
Yüksek hız nedeniyle, geçmişte birçoğunu kaçırdınız
Kimse bugünün onun en son durma şansı olduğunu bilmiyor
Bugün durup gülümsemeye çalış, yarın toz olabilirsin.

Acı ve Keder Ölçüsü Yok

Acı ve zevk, kimse ölçemez
Zevk için lümen veya desibel gibi bir birim yok
Hissetmemiz ve teslim olmamız gereken kederin acısı
Acıyı ve hazzı bastırmak gaftır
Bir gün kalp büyük gök gürültüsüyle kırılacak;
Asla keder ve acıyı gizli bir alanda saklamaya çalışmayın
Sevgi ve keder duygudur, haciz mümkün değildir
Duyguları engellemeye çalışırsak, baskı yaratacaktır
Zihin ve kalp vermek, dış dünyanın maruz kalması daha iyi
Anılar bize her zaman hazine olarak eşlik edecek.

Hayat ve Para

Hayat ve paranın her ikisi de değişkendir
Gözlükler gibi onlar da kırılgandır
Bugün bizim için gülümseme zamanı
Neşe arayışında, bir mil yürüyün
Para için sürgünde yalnız yaşamayın;
Para sadece daha iyi bir yaşam için araçtır
Para hırsı iki ucu keskin bıçaktır
Para kazanmanın zor olduğu doğrudur
Harcaması daha zor olan ipucudur
Hayatı paranın tutkalına sokmayın.

Zaman, Yaşamın Birincil Kaynağı

Zaman tek birincil kaynaktır
Bir kez boşa harcandıktan sonra sadece pişmanlık duyabilirsiniz
Zamanın saati asla tersine dönmez
Ne zaman, ne de kimse koruyamaz
Sadece kullanım, zaman her zaman hak eder;
Zaman hiçbirini beklemez, hepimiz biliyoruz
Yine de, aylaklık içinde, zamanın geçmesine izin veriyoruz
Bazen düşündük, bugün zaman yavaş
Fakat Big-Bang'den bu yana, zaman aynı akışa sahiptir
Bugünün ışıltılı ve ışıltılı zamanını yaratın.

Hayat Her Zaman Yarı Dolu

İnsanların çoğu yüz artı yaşamak istiyor
Yani, her zaman memnuniyet bardağını yarı yarıya boşaltın
Gelecekteki yaşamdan korktukları için, sınıfta yaşayamadılar
Gelecekte daha iyi çimler olacağını umuyorlar
Hayatın sınavında çoğunluğu geçemedi;
Uzun ömürlülük ve başarı konusunda endişelenmenize gerek yok
Gelecekteki yaşam hakkında çok fazla düşünmek işe yaramaz
Yarı dolu şarapla, bugünkü toplantı mutlu bir şekilde hitap ediyor
Bugünün arkadaşlarla partisinde, imparatoriçe ol
Ölüm üzerinde hiçbir kontrolünüz yoktur, bu doğal bir süreçtir.

Kimin Üstünlüğü Var

Bütün dinler Tanrı'nın evreni yarattığını söyler
O, tüm canlıları çok çeşitli kıldı
Tersine çevirebileceği evrenin gidişatı
Tüm evreni, o sadece korur
Onun varlığını bilim lanetleyemez;
Bilim, Tanrı'nın varlığının kanıtı olmadığını söylüyor
Doğal güçlerden korkmak, Tanrı'nın ısrarının nedenidir
Hayat dünyaya kozmetik kaza yüzünden geldi
Yaşamın milyonlarca yıllık evrimi gerçek bir olaydır
Ne din ne de bilim, hayatın uygun olduğunu açıklayamaz.

Hayvanlara Etik Davranın

Hayvanlara etik tedavi gerekli

Ekolojik denge için zorunludur

Hayvan olmadan insanlığın farklı bir hikayesi olacak

Hayvanlara dostça muamele vermek için, bir seçmen olun

Ormanların yok edilmesi için hayvanlar sefalet içindedir;

İnekler, köpekler, kediler ve atlar olmadan medeniyeti düşünebilir miyiz?

Tüm hayvanların medeniyet dersinde katkıları vardır

Hayvanların neslinin tükenmesiyle birlikte, medeniyet ters ozmoza sahip olacak

Yüce hayvan konumundan, insan tahttan indirilecektir

Hayvanların adil haklara sahip olmasına ve dinlenmesine izin verin.

Hapishane Teorisi

Ruhumuz bu gezegende bedende bir tutsak mı?

Hapishane teorisi felsefi yeni bir ilkedir

Sadece süremizi tamamladıktan sonra, geri dönmek için karne alıyoruz

Beden ruhumuzu güçlü bir mıknatıs gibi çeker

Ve bu gösterişli kabinede üstün olduğumuzu düşünüyoruz;

Çok eski zamanlardan beri, bu gezegende doğum için bilgeler tövbe ederler

Ravana gibi büyük savaşçılar da ceza olarak dünyaya geldiler

Dünya bir sefalet yeridir, Buda da tamamlayıcı

Dünyaya ulaştığımızda, tüm insanlar o anda ağlarlar

Bazı insanlar çabuk ölürler, çünkü onlara göre Tanrı hoşgörülüdür.

Rolümüz Sınırlı

Evrendeki rolümüz çok sınırlıdır
Ama herhangi bir şeye izin verildiğini düşünmek
Düşünme ve gerçeklikteki dengesizlik gerçektir
Önce sonuç için düşünen insanlar harekete geçemezler
Kötü sonuçlara bakıldığında, tepki vermeye gerek yok;
Belirsiz bir rol oynamak gerçek bir gerçektir
Küçük bir rolle bile, etki bırakabiliriz
Görevlerinizi yerine getirmek asla dikkatinizi dağıtmaz
Yaşarken, insanlarla ve doğayla etkileşime girer
Tanrı kavramı, ruh, yeniden doğuş hepsi soyuttur.

Bhupen Hazarika

Bir dahi doğar, asla yaratılmaz
Deha için farklı, genetik koddur
Bhupen Hazarika bu klavuzda
Onun katkısı, ihtişamı asla sönmeyecek
Farklı derecelerde bir insandı;
Müzik ve insanlık için her şeyi feda edin
Daha iyi bir dünya ve kardeşlik için dayanışma gösterdi
En yüksek dürüstlük seviyesine sahip bir müzisyendi
Para, zenginlik veya şöhret için asla endişelenmeyin
Sadece müzikal oyunda mükemmellik ile ilgilenen;
Assam kültürüne katkısı muazzamdır
Kompozisyonunda, saçma sapan hiçbir şeye asla izin vermedi
Assam, Brahmaputra ve Bihu'ya olan sevgi yoğundu
Şimdi Assam müziğinde, Bhupen Hazarika en iyi tütsü
Hayatı mücadeleler, engeller ve gerilimlerle doluydu.

Kitty'mde Hiçbir Şey Yok

Humpty Dumpty gibiydim
O güzel Külkedisi'ydi
Her şeyim bolca vardı
Şimdi kalbim boş
Kedimde hiçbir şey yok
Yolculuk şimdi çok kirli
Yaşamak sadece zorunlu bir görevdir
Hayatımda dostluk yok
Tüm tanrılara olan inancını kaybettim
Hayatın acınacak olacağını hiç düşünmemiştim.

En İyi Instagram

Çok eski zamanlardan beri, en iyi arkadaşımız köpektir
Köpeği tersten yazarsak, Tanrı olur
Assamese Guru Sankardev, köpeğin ruhunun Ram olduğunu söyledi
Köpek, Yudhishthira'nın son arkadaşı ve ağrı merhemiydi
Hayatımızda, evcil bir köpek asla spam olmayacak;
Bir köpek değişebilir, yalnız bir insanın yaşam programı
Köpeklerin organları pyelogram gibi çalışabilir
Sahibinin hayatıyla, köpeğin hayatı bir amalgam oluşturur
En iyi arkadaş sizi doğal telgrafla tanır
Bir köpeğiniz varsa, o hayatınızın en iyi Instagram'ıdır.

Şimdi Yapın

Yarının işi, bugün yap, bugünün işi şimdi
Yarın gelirse, herkes vay canına!
Yarın üst üste farklı işler gelebilir
Hastalık nedeniyle, aktiviteler düşük olabilir
Yarın için kırık ayak parmağınızla devam edebilirsiniz;
İşleri yarına saklamak kötü bir alışkanlıktır
Vizyonunuzu ve hayatınızın ambiyansını daraltacak
Bugün yapmak sadece ilerlemeye yardımcı olur
Yarından sonraki gün ödülle bekliyor
İşi geleceğe itme alışkanlığı, atın.

Belirsiz Oyunda Belirsiz Sonuç

Spin, googly, hızlı top ve zıplayan oynayamıyorum
Aynı anda farklı toplar bana gelirse
Yaşam becerilerim mükemmel değil ve çok güçlü
Tüm zorluklarla birlikte yüzleşemiyorum
Teslim olmaktan başka çarem yok;
 Bazen en sert ve en hızlı topla karşılaşabiliriz
Ancak gevşek bir top bile en iyi oyunculara çağrı yapabilir
Hayat belirsizlik oyunudur, hakemi görmeden
Lady Diana ve Monroe gibi ölüm çok nadir değildir
Bunun sonucu, büyük bir dikkatle bile olsa yenilgi olabilir.

Garip olan nedir?

İnsan, Tanrı, Şeytan hepsi Ölümsüzlük için çalıştı
Ancak tüm çabaları her zaman boşunaydı
Bugün elimizdeki fayda zamanıdır
Yine de, insanların çoğunluğu sonsuza dek yaşamak istiyor
Servet biriktirirler ve paylaşmazlar;
Hindu mitolojisinden Yudhishthira bunun garip olduğunu söyledi
Ölümü unutmak, sonsuza dek yaşamak için, insan ayarlamaya çalışır
Bilge olanlar her zaman farklı bir yaklaşım benimsemeye çalışırlar
Bu nedenle, sınırlı kaynaklarıyla yaşamaktan mutludurlar
Mezarlıkta elbette herkes eşit ve aynıdır.

Doğum günün kutlu olsun, seni seviyorum Mitali

Ben sıradan bir adamım, Tac Mahal veya anıt inşa edemem
Şiirsel zihnim ve sonsuz aşkım sadece şimdiki miktarımdır
Aklımdan çıkan her şiir aşkın yansımasıdır
Aynı ruhun iki yüzüydük, doğal olarak kanıtlıyor
Kağıda yazdığımda güvercin gibi uçuyor;
Yaşam ve ölüm birbirinden ayrılamaz
Yaşam yolculuğunda, ortada, bir araya geliyoruz
Aşk ve sadece sevgi kemiğimizi güçlendirdi
Ölüm sadece doğal bir olgudur, aşk sonsuzdur
Seni seviyorum Mitali, her ay aşkını hatırlayacağım.

Düzgünlüğü

Aynı toprak şeker kamışı, acı kavun ve limon yetiştirebilir

Her üç bitkinin de tadında, hiçbir şey ortak değildir

Aynı toprak tamamen farklı kakule üretebilir

İnsanoğlunda da insanlar dürüst, basit ve memleketlidir

Renkler o kadar farklı ki, beyaz, siyah, kırmızı, somon;

Tekdüzelik doğal değildir, sadece insan ve toplum empoze eder

Tam olarak aynı şiir, iki ikiz bile besteleyemez

Çeşitliliğin kendi yolunda hareket etmesine ve elden çıkarmasına izin verelim

Aynı makine ile tüm hastalıklar teşhis edilemez

Toplum, tekdüzeliği aşırı dozda zorlamaktan kaçınmalıdır.

Tek Amaç Yaşamak ve Yaşatmak

Hayat hayal gücünün ötesinde şaşırtıcı ve gariptir

Bu bir sorun değil, bir yolculuktur, bu yüzden herhangi bir çözüm olmadan

Hayat tehlikeli ve korkunç bir durumda hayatta kalabilir

Yine de başarılı insanlar basit bir nedenden dolayı intihar ederler

Yaşamak ya da yaşamamak belirsizdir ve hayatın en büyük kumarıdır;

Yaşamın amacı yaşamak ve başkalarını yaşatmaktır

Doğadaki tüm canlılar için Tanrı babadır

Eğer Tanrı'yı seviyorsak, kardeş gibi yaşamak zorundayız

Yaşamaktan ziyade yaşamın diğer tüm amaçları ikincildir

Bazı yeni doğan bebeklerin dünyadaki hayatı anlık olabilir.

Gündüz ve Gece

Gündüz ve gece sanal gerçekliktir
Tüm yaratıklar için tekdüzeliği yoktur
İnsanlar için bile hiçbir uygunluğu yoktur
Bazıları gündüz uyur ve geceleri çalışır
Bazıları için gün, çalışma ve kavga zamanıdır;
Ne gündüz iyi, ne de gece kötü
Birçokları için, yatakta olduğumuz için gece daha iyidir
Gün üzüntüyle dolu ve bu yüzden üzgünüz
Gün ışığında, yarasa ve baykuş delirir
Gündüz ve gece yıldız kırmızısı için sanaldır.

Çaresiziz

Kaderin elinde, güçsüzüz

En kötüsü olduğunda, çaresiziz

Kaybımız ölçülebilir ve paha biçilmez değil

İnsanlar suçluyor, aceleci ve dikkatsiz davrandık

Aslında elimizden gelenin en iyisini yaptık ve özverili davrandık;

Kader Kralı evsiz bırakabilir

Utanmaz olmak için en hassas olanı

Yine de hayattaki her şeyi her zaman zararsız hareket ettirin

İnsanların fikirlerini asla umursamayın, temelsiz

Aksi takdirde hayatın geri kalanı sefalet ve huzur içinde daha az olacaktır.

Hayatın Özeti

Evrenin hayal gücünün ötesindeki enginliği
Ayrıntılı olarak açıklamak gerekirse, homo sapiens'in bir çözümü yoktur
Güçlü cihazlar yeterli çözünürlüğe sahip değil
Farklı teoriler farklı fikirler ve açıklamalar verir
Nano varlığımızın farkına varmak daha iyi bir sezgidir;
Homo sapiens'in zaman alanı çok küçüktür
Yüz yıl yaşamak, uzun ömür dediğimiz şeydir
Hesaplanan evrenin yaşı sadece hipotezdir
Evrenin diğer bölgelerinde, zaman farklı sentezlerde olabilir
Bir an için çok küçük varoluş, hayatın gerçek özetidir.

Dikdörtgen Yolculuk

Her an hayat ters gidebilir
Zihinlerimizi güçlü tutmalıyız
Yaşam yolculuğu her zaman dikdörtgendir
Kötü günler asla çok uzun sürmez
Gözyaşlarıyla bile hüzünlü şarkılar söylüyoruz;
Bazen kötü günler uzamaya çalışır
Bir gülümsemeyle, ilerlemek zorundayız
Birkaç furlong'dan sonra iyi zaman gelecek
Yolculuğun dingdong'unun tadını çıkarmayı öğrenin
Engeller sadece hayatımızı süper güçlü kılar.

Şimdi Ben Bir Yetişkinim

Tanrı bana her zaman sadece engel verdi
Her gün mücadele etmek zorunda kaldım
Her zaman, beni belaya itti
Rahatlığım, Tanrı her zaman kaçakçılık yapar
Alçakgönüllü olmaktan başka çarem yok;
Yolculuk her zaman çok zordu
Yetişkin olmak için tüm acıları çektim
Yani, şimdi tamamen farklı bir tarikattayım
Cesaretim, engellerimin nihai sonucudur
Bugünlerde herkesin saldırısına direnebilirim.

Hayat Karışık Sepet

Hayat her zaman karışık bir sepettir
Selman Han bile hedefi kaçırdı
Yüzde yüze ulaşmak, unut
Bazı şeyler için pişman olmalıyız
Belirsizlik her hayatın sırrıdır;
Engebeli yolda, bazı yumurtalar kırılacak
İyi olanlar için, kontrol etmeniz gereken hız
Hayatın iyi şeyleri virüsü hackleyebilir
Konfor bölgesine, geri dönmeyebilirsiniz
Hayatın yolculuğu farklı bir yolda gidebilir.

Kirli Oyun

Hayat rahimde kirli bir oyunda başlar

Hastanede çocukken doğum da aynıdır

Bir yıl kadar sadece sürünüyoruz ve topalıyoruz

Kirli çıplak başlangıcımız için, kimi suçlamalı?

Bir kez ayağa kalkabildiğimizde, mücadele başlar

Ebeveynlerimiz bizi mükemmel ve akıllı olmaya zorladı

Ancak kader herkese tam bir arabaya izin vermez

Kirli oyun sona erdiğinde, kimse uyanık değildir;

Temiz, güvenli oynamaya ve yaşam oyununun tadını çıkarmaya çalışıyoruz

Oyundaki partnerimizi sevgili eş olarak seçin

Yine de, oyun kirlenir ve hayat çift kenarlı bir bıçaktır

Herkes golsüz oyunu keyifli ve yaygın hale getirmeye çalışır.

Üç Durumda Çiçekler

Doğum günü ve düğünde çiçek veriyoruz
Cenazede de çiçekler sel gibi akıyor
Doğum, düğün ve cenaze ayrılmaz bir bağa sahiptir
Bazen cenaze yürüyüşü, eleştirmenler başı çekiyor
Ölüler için farklı bir yolculuk, hayat sızlanıyor;
Doğum günü ve düğünde gülümser ve selamlarız
Ama cenazede, veda etmek için ağlarız ve buluşuruz
Yine de, son yolculuğu renkli hale getirmek için çiçeklere ihtiyaç vardır
Ama yakınların ve sevdiklerinizin hayatı acı vericidir
Unutmayın, ölüler hakkında kötü şeyler söylemek utanç vericidir.

Hala Yarın Var

Geleceğim yok, yarınım yok
Zaman okunu takip etmeye çalışma
Bugün, sadece gizli üzüntüm var
Kimseden, ödünç alınacak bir şey yok
Her şeyi Allah'ın emanetine vermiş;
Hayatımın yolu artık çok dar
Yine de sabahları pencereyi açıyorum
Gökkuşağına bakarak nazikçe gülümse
Serçe kavgasından keyif aldım
Gölgeme bakma zahmetine girmedim.

Yaşamaktan Başka Seçenek Yok

Doğmak ya da doğmamak, başka seçeneğimiz yok

Ama yaşamak ya da yaşamamak için bir yetişkin olarak, sesimiz var

Yine de, kendi isteğimize göre ölmek için, sesimizi çıkarmaya zorlanıyoruz

Hayat güzel ve cennetseldir, yeniden seslendirmek zorundayız

Mutlu olmasak ve acı içinde olsak bile, sevinmeye zorlanırız;

Bize öğretildi, her kuruşu, Tanrı'nın faturasına göre ödemek zorundayız

Aksi takdirde, günahtan özgür olmayacağız ve buz tutmayacağız

Yaşamaktan başka, ölmek üzere olan seçimimizi uygulayamayız

Acı, keder ve sefalet içinde, sadece ses çıkarabiliriz

Sözde turnuva hayatını kazanmak için, dengelenmeliyiz.

Başarısız Ekip Çalışması

Kıskanç insanlara ev ödevi için fırsat verin

Şarap şişesi mantarlarını mutlu bir şekilde açmalarına izin verin

Bazen öfkeden çatal atabilirler

Kıskançlık içinde, domuz etinin tadını çıkarmayacaklar

Başkalarının bacağını çekmek için, yeni fikirler üzerinde yeniden çalışacaklar;

Bazen bacak çekme de takım çalışması haline gelir

Ama hiç kimse maça işinde zaman geçirmek istemiyor

Kimse de gerekli evrak işlerini yapmaya hazır değil

Bacak çekme için çerçeveye karar veremediler

Bacak çekme her zaman bireyin yama işi olarak kalır.

Kıskanç Olma

Doğası gereği, tüm insanlar kıskançtır
Ama başkalarını takdir etmek nous olmalı
İyi işleri takdir etmek gerçekten dindarlıktır
Kel bir adam her zaman pilous olmak ister
Daha iyisi, kendi daha büyük başarılarınız için odaklanın;
Başkalarını eleştirmek başarıdan şüphelidir
Sizi kısır bir çembere hapsedecektir
Komşunun başarısında, endişeli olacaksın
Kendi performansınız için ciddi olun
Aksi takdirde, kıskançlıkla ölmek açıktır.

Keyif Almalarına İzin Verin

Bazen kıskanç insanları dürtmekten zevk alırım
Onları kıskandırmak kolay ve basittir
Sıkı çalışmanız sayesinde bir dalgalanma yaratın
Otomatik olarak kıskançlıkları üç katına çıkacaktır
Öfkeyle kendi sivilcelerini çizecekler;
Farklı yapmaya çalıştığınızda, bazıları bacağını çekecektir
Bazı kişiler negatif etiketinizi taşır
İlerlemenizi bazı insanlar sürüklemeye çalışacaktır
Bir kez başarılı olduğunuzda, iyilik için, yalvaracaklar
Kıskanç insanların kendi mandallarının tadını çıkarmasına izin verin.

Özünde İnsan Bencildir

Özünde tüm insanlar bencil ve benmerkezcidir
Kendi can ve mallarının korunması, endişe duyuyorlar
Tarafsızlık görecelidir ve duruma, yere ve zamana özgüdür
Kendi çıkarları ve güvenlikleri için, pasifik göstermeye çalışırlar.
Eğer çıkarları yerine getirilmezse, müthiş olurlar;
Zenginlik bol olduğunda, yaşlılıkta üretken hayırseverlik yaparlar
Yaşlılıkta başkalarına yardım ederken, insanlar neşe güzel hissederler
Yine de kendi çıkarları için, trafiği bilmeye hizmet ederler
O zaman bile, cömertlikleri hoş karşılanır ve canlıdır
Gerçek tarafsızlık için, tüm insani değerler tek taraflı olmalıdır.

Doğa Sadece İyileştirir

Tıp gerçek şifacı değildir
Yani, bazen katil olur
Birisi için yan etkiler daha büyüktür
Diğer komplikasyonlar, ilaç tetikleyebilir
İlaçsız hayat her zaman daha neşelidir;
Oysa ilaçlar gerekli kötülüklerdir
Her sabah hap almak zorunda kalıyoruz
WBC'mize göre, ilaçlar savaşma gayreti verir
Doğa iyileşme sürecini hızlandırır
İlaçlarla da iyi bir yemeğe ihtiyacımız var.

Yaşam Sahnemiz Yönetiliyor mu?

Dünyadaki hayatımız gerçekten sahne tarafından yönetiliyor mu?

Oyunculuğa iltifat etmek için, bu kadar ciddi bir şekilde meşgul müyüz?

Bazen, koşullar bunun doğru olduğuna inanmaya zorlandı

Temel renklerin neden kırmızı, sarı ve mavi olduğuna dair bir açıklama yok

Enerjinin gerçekte ne olduğu, ayrıca hiçbir cevabımız ve ipucumuz yok;

Sahneyi gördük ama görünmez yönetmeni görmedik

Bütün dinler, evrenin görünmeyen yaratıcısı olduğunu söyler

Hiçbir şeyden, nükleer reaktörde enerji üretemeyiz

Sadece toprak denilen aşamada, bazı insanlar diktatör olmaya çalışır

Ama sonunda, aynı zamanda geçici bir koordinatör gibi görünüyor.

Hayat Geliyor ve Gidiyor

İnsan hayatı geliyor ve gidiyor

Bilmeden takip ediyoruz

Yaşam döngüsü asla yavaşlamaz

Nüfusla birlikte akım artıyor

Yine de, ani ölüm her zaman şaşırtıcıdır;

Geliyoruz ve bilmeden gidiyoruz

Yaşam beklentisi de yavaş yavaş artıyor

Dünyada yaşam kalitesi artıyor

Ancak, insan savaşmayı bırakmadı

Kesin ölümü bilerek, açgözlülüğümüz şaşırtıcıdır;

Doğa kanunu zorunlu ve kalıcıdır

İnsani değerleri, egoyu ve şehveti yok ediyor

Gerçek ve dürüstçe insanlık terk ediyor

Corona gibi virüslerin hastalıkları hala dehşet verici

Ve belirsiz hayatımız bilinmeyen bir yolculukta devam ediyor.

Muhabir

Ağır yük taşımasına gerek yok
Kalem ve fotoğraf makinesi yalnızca gemide
Ancak yolda zorluk var
Bazı yerler, içeri girmek imkansız
Onun görevi gerçek ve gerçektir, boşaltın;
Bazen gerçek için, hayatı tehlikeye atar
Savaş cephesinde, her zaman bir yabancıdır
Milyonlar için, o bilgi binger'dir
Seçimlerde oyun değiştirici oldu
Onun dürüstlüğüne, birçok insan parmağını işaret ediyor.

Kapıcı

Tasarrufu, ihtiyat sandığı veya emekli maaşı yok

Yine de yüzü gerginlikten arınmış gibi görünüyor

Yarın hakkında çok fazla düşünmemek sebep olabilir

Yarından sonraki günü düşünürse, ihanet etmek zorundadır

Bu yüzden bugünü gülümseyerek geçirmek belki de tek çözümü olabilir;

Kapıcı, kaldırabildiği kadar yük taşır

Ancak çok az insan hediye olarak ekstra kuruş vermeye zahmet etti

Birçok zengin insan çok fazla pazarlık yapar ve sürtüşmeye başlar

Karısının tedavisi için, kapıcı ekstra vardiya yapıyor

Karısını kurtarmak için, kapıcı deadlift'i deniyor.

Dinamik Denge

Yaşam, beden ve zihnin karmaşık dinamik dengesidir
Dünyada çok nadiren, bulabildiğimiz bir Stephen Hawking
En iyi robot veya süper bilgisayar arkasında duracak
İnsanlık için sağlıklı bir bedende sağlıklı bir zihin gereklidir
Çok eski zamanlardan beri, bilgeler ve filozoflar hatırlatır;
Her gün, her ay, her yıl, zihin arıtılmalıdır
Diğer bir makine için, başka bir makine kaba olamaz
Makineler yaratırız, ama diğer insanlara karşı kabayız
Açgözlülük, ego ve kıskançlıkta zihnimiz kolayca kör olur
Fakat yaşlanmak, süper güçlü bir zihin bile uzun süre bağlanamaz.

Zihin Her Zaman Gençtir Beden Değil

Zihnim hala yirmi yaş genç gibi

Zamanla olgunlaştı ve güçlendi

Çocukluğundan beri yolculuk çok uzun

Baştan çıkarmalarda bazen yanlış gitti

Yine de, dürüstlük ve bütünlük hong olarak kaldı;

Ruh soyuttur, ölümsüzdür, herkes hissedemez

Fakat yaşam boyunca zihin gayretle dolu kalır

Aklımız, en kötü durumlarda bile, biri üzerinde öldürebilir

En kötü felaket ve yenilgiden sonra, zihin hareketsiz kalamaz

Bazen, en güçlü zihinler bile motivasyon hapına ihtiyaç duyar.

Beden ve Zihin

Hayat beden ve zihnin mükemmel birleşimidir
Yani, her ikisine de, nazik olmak için gerekli
Beden, zihin, kimsenin bulabileceği hiçbir yer olmadan
Kimse bilmiyor, beden ve zihin nasıl bağlanıyor;
Vücudun her organı sağlık için gereklidir
Beden ve zihnin daha iyi kimyası olmadan, zenginliğin değeri yoktur
Delirmek yerine, daha iyi bir seçenek ölümdür
Daha iyi bir bedende daha iyi bir zihin için, her zaman tilth;
Tüm organların iyi işleyişi commonwealth'tir
Gerekirse, sorunları tele-sağlık yoluyla tartışın
Ruh sağlığı daha iyi bir yaşam için eşit derecede önemlidir
Beden ve zihin karı koca gibi olmalıdır.

Yaşlandıkça

Yaşlandıkça, fiziksel olarak cesur değilim
Birçok yeni hastalık aniden ortaya çıkıyor
Kışın, kolayca soğuktan saldırıya uğruyorum
Değerli altın yerine tablet taşıyorum
Mükemmel hafızam manifoldu azalttı;
Seni kızlara seviyorum, şimdi satılamaz
Benim tarafımdan matematik problemleri çözülemez
Duygularımın çoğu anlatılmamış durumda
Bir şekilde bedenimi ve zihnimi tutabilirim
Yaşlandıkça hayat farklı bir kalıpta;
Yaşlandıkça, ağır kilolu, dayanamıyorum
Kararlarım, aile üyelerim saklıyor
Ev eşyalarına ilgi yok
Adaletsizliğe ve yasadışılığa karşı gözlerim bağlı kalır
Yaşlandıkça, kalemde savunmasızım.

Artık Yaşam

Hayat altmış yaşında başlar olgusal değildir
O sadece gerçekte artık yaşamdır
Yoksullar ve evsizler için acımasızdır
Altmıştan sonra yaşam çoğunlukla kültüreldir
İnsanların çoğunluğu için kalıntıdır;
Parası olan sağlıklı insanlar böyle iddia ediyor
Ellerinde nakit parayla gidebilecekleri her yer
Genç ortaklarla seyahat ederken, vay canına, diyecekler
Ama topal ördek için hayat çok düşük
Sadece banka bakiyeleriyle, altmıştan sonra hayat parlayabilir.

Hayır Demek

Hayır deme sanatını öğrenin
Her zaman insanlarla birlikte, akmayın
Bazen, kendi yolunu seçin ve gidin
Hiçbiri için, hayır demek büyük bir darbedir
Ne de hayatın daralıyor;
Hayır dememek tuzağa düşürebilir
Çölde harita olmadan inebilirsiniz
Bazen, hiçbir şey güvenlik kapağı haline gelmez
Hayır ve evet arasında, belki de yaşam ve ölüm boşluğu
Hayatta bilmeli, ne zaman kapanacak, evet dokunun.

Sahte Arkadaşlar

Sahte arkadaşlar düşmandan daha tehlikelidir
Seni simya gibi aldatacaklar
Onlar sadece sahte akademinin yoldaşıdır
Amaçları kâr elde etmek ve küfür etmektir
Bütün sözleri ve eylemleri polisemidir;
İhtiyacı olan bir dostun gerçekten bir dost olduğunu söylüyoruz
Ama açgözlülük olmadan bir arkadaş edinmek zor
Sahte arkadaş uçup gidecek, kendi ihtiyacını karşılayacak
Dostluk adına, düşmanlık doğacak
Hayatta sahte arkadaşlık, beslemeye veya tohumlamaya gerek yok.

Klorofil

Fotosentez bitki tarafından çok basit bir şekilde yapılır
Doğa patenti işlediğini gizli tuttu
Enerji, klorofil ile kolayca maddeye dönüştürülebilir
Hayvan derisi gıda işleme mezofilinden mahrumdur
Hiçbir hayvan, ksantofil olsa bile fotosentez yapamaz
Doğanın sadeliği en büyük mucizedir
Canlılarda yaşam ve ölüm basit bir döngüdür
Klorofil olmadan, insan kası olmaz
İnsanlığın varlığı için, klorofil kahindir
Bilim cildimize klorofil koyarsa, hayat basit olacaktır.

Oyun

Zevk için hayvanlar da oyun oynamak
Ama insanlar gibi, oyunları da aynı değil
Oyunlarında, suçlanacak kaybeden yok
Günümüzde insanlar sadece görmekten zevk alıyorlar
Çok az akıllı insan oynayarak para kazanır
Yetişkin insanlar artık nadiren sahada oynuyorlar
Çünkü çocukları için servet inşa etmek
Oynamak yerine, çoğu kumar oynamakla meşgul
Oyunun güzelliği ve keyfi titriyor
Bu yıl arkadaşlarınızla sahaya çıkın ve bowlinge başlayın.

Buz Evi

Karı kocanın evlilik hayatı buzun evidir
Kimse hayatın zarında ne olduğunu bilmiyor
Her an bir bedel ödemeye hazır olmalıyız
Kocalar için, karılar çoğu zaman fedakarlık
İki kez evlenmek yerine yalnız yaşamak daha iyidir;
Tavsiye vermek her ortağın temel içgüdüsüdür
Ancak bu konuda, eşlerin her zaman daha büyük dilimleri vardır
Dişiler daha iyi pişirir ve baharat kullanır
Konuşmadan önce, kocalar üç kez düşünmelidir
Buz evini korumak için, her iki ortak da, aşırı nazik olun.

Ya Rab

Ya Rab, verdiğin her şeyi gülümseyerek kabul ettim
Bazen, gözyaşlarımı kalbimde tutarak
Bazen, korku ve şaşkınlıkla
Geçirdiğim hayat asla gül yatağı değildi
Yol da altın bir deneyim değildi
Hiç kar ve zarar hesabı yapmadım
Biliyorum, sonunda, kâr ya da zarardan bağımsız olarak gitmek zorundayım;
Zevk ve acının, madalyonun iki yüzü olduğunu fark ettim
Devam etmeliyim ve eklemi ayıramıyorum
Dürüstlük, gerçek ve sevgi için ağır bedeller ödedi
Yine de devam ediyorum ve uçmaya ve güvercin gibi yaşamaya çalışıyorum
Asla kimseye zarar vermedim, ama iyi yol göstermeye çalışın
Asla senin adına, yalancılığında veya kutsal banyonda denemedin
Şimdi, lütfen karanlık yolumu yönlendirin ve aydınlatın.

Üniversite Günleri

Buluşma alanı akademi içindi

Dostlarla eğlenmek, düşman ya da düşman yok

Kavgalar uyumun temeliydi

Bazıları sınavda başarısız oldu ve simya oldu

Kimse küfür konusunda ciddi değildi;

Arkadaşlık kastın, inancın veya dinin üstündeydi

Sevgi tüm nefret hiçbiri slogan ve pratik çözüm değildi

Güzel kadın her zaman daha fazla arkadaş ve daha iyi çözünürlük vardı

Parlak öğrenciler gülümseme ve ayrım ile bayılırlar.

Biyolojik İhtiyaç

Yemek, uyku ve seks temel ihtiyaçlardır
Başka birçok içgüdü de vardır;
Çocuklar olarak daha çok uyuruz daha az yeriz
Büyüdüğümüzde, uyku yavaşlar
Gıda alımı artmaya başladı
Yetişkinlik seks ihtiyacını da beraberinde getirir
Sevişmek, her zaman maksimuma çıkarmaya çalışmak
Yaşlanmak, tekrar meydanlara gitmek demektir
Az yiyecek, daha az uyku ve seksten kazanılacak hiçbir şey yok
Canlıların çoğunluğu yemek, seks ve uyku için mücadele eder
Biyolojik iştahınız doksan yaşında ise
Amacımız daha az uzun ömürlü olsa bile keyifli ve iyidir.

Sonsuz Uyku

Biyolojik ihtiyaçtan maksimum keyif alıyoruz
Diğer tüm fiziksel ihtiyaçlar ikincildir
En iyi restoranda yemeklerin tadını çıkarmak mükemmel
Geceleri ölene kadar iyi uyumak hayatı daha az çalkantılı hale getirir
Arkadaşlarımızla ve sevdiklerimizle yemek yemekten zevk alırız
Ama gruplar halinde uyu, herkes isteksiz
Ünlülerle bir gece için, insanlar milyonlar harcayabilir
Genç arkadaşın açgözlülüğündeysen, çözüm yok
Yemek sadece aç midemizi doldurmak için değildir
Hayatımızın aktivitelerinin çoğunda, klona sahiptir
Üremenin ötesinde, seksin güzel bir yayı vardır
Sonunda, sonsuz uykuda hepimiz sıkışıp kaldık.

Tüketim

Tüketimcilik ve çekirdek ailesi bizi daha bencil yaptı
Yaşlılık toplumunun sosyal düzenini yaşıyorlar, yıkıyorlar
Kardeşlik ve aile ilişkileri, gerçekte azalır
Çocuklar bile artık gülümsemiyor, çocukça davranıyor;
Herkes sadece aile ve kendini parlatma için meşgul
Ama çöp için toplumu ve başkalarını suçlayın
Bencilliğimiz için, geleneksel bağ şimdi ortadan kalkıyor
Bu şekilde, bir gün, tüm toplumsal düzen sona erecektir.
İnsanlığın ve medeniyetin varlığı yok olacaktır.

Lachit Barphukan, Efsanevi Savaşçı

Lachit olağanüstü bir savaşçıydı

İlham verici, hayatının yorumudur

Assamlı askeri general mükemmel

Kudretli Babür'e direniş gösterdi

Onun savaş tekniği artık askeri hukuktur;

Anavatan sevgisi motivasyonel özdü

Ön cepheden liderlik eden gücü her zaman artar

Gece yarısında bile izleyin, hazırlık sırası

Hazırlık uyuşukluğu ve sıkıntısı için kendi amcasını öldürdü

Zamanında izin vermediği için rahibi öldürmek üzere;

İslami ilerlemenin doğuya doğru yürüyüşünü kesin olarak durdurdu

Sadece onun için, Çin ve Myanmar'da, Budizm'e yönelik tehdit en azdır

Shivaji, Rana Pratap, Büyük Prithu ile eşit bir savaşçı

Ciddi bir hastalıkta, güçlü orduda bile, kolayca yenebilir

Yaşamı boyunca, Ahom Krallığı, hiç kimse yenemezdi.

Güneş Asla Doğmaz

Güneş bizi mutlu etmek için asla doğmaz veya batmaz

Güneş statik ve sabittir ve asla bez hissetmez

Güneş'in hayatı parlak, görkemli ve zappidir

Güneş, güneş sisteminin merkezi ve pappy'sidir

Ana dünyamız da dahil olmak üzere tüm gezegenler çırpınır;

Güneşin doğuşu dediğimiz şey aslında evimizin dönüşünden kaynaklanıyor

Güneşin doğduğunu ve battığını söylemek, yüce hayvanın yanlış anlamasıdır

Güneş'in etrafındaki devrim bize zaman okunun yönünü verir

Sabaha yeni bir gün olarak bakmak halüsinasyondur

Güneş yarın daha iyisini getirecek, sadece zihinsel kış uykusu.

Sanal Hayatımız

Cep telefonumuz olmadan şimdiki zamanda yaşayamayız
Şimdi beynin genişletilmiş klonu haline geldi
Her birey farklı zil sesini sevebilir
Ama herkes için, şimdi hayatın bel kemiği
Cep telefonumuzu yanlış yerleştirmek, hepimiz eğilimliyiz;
Cep telefonu artık kahvaltıdan daha önemli
Onsuz, günümüz hareket edemez ve güneş hızlı olacak
Hücreyi güvende tutmak için, birçok kişi holdfast kullanır
Hücrelerini en son değiştirerek, bazıları ultra hızlıdır
Cep telefonu artık sanal hayatımız yatıştırıcı.

Bilim ve Din Aynı Fikirde Olduğunda

Termodinamik, evrenin entropisinin artmaya devam edeceğini söylüyor

Bu nedenle, dünyamızdaki düzensizlik asla azalma eğilimlerini görmeyecektir

Zulüm, nefret, bencillik, savaşlar günün düzeni olacak

Barış ve kardeşlik için, hayır, hayır, herkes diyecek

Eşcinsel nüfusunda anormal bir artış olacak;

Entropi konusunda, bilim ve din aynı yoldadır

Bilim adamları söyleyecek olsa da, dinde kanıtlanmış bir gerçek yoktur

Hinduizm, Ramayana günlerinden bu yana düzensizliğin arttığını söylüyor

Aynı şey Budist Mahayana tarafından da savunulmaktadır

Bozukluk, Dakshinayana veya Uttarayana'dan bağımsız olarak büyümeye devam eder.

Varış Noktası Olmadan Yolculuk

Hepimiz biliyoruz ki, hayat varış noktası olmayan bir yolculuktur

Ama bazı yoldaşlar kimin daveti için erken inerler?

Çok fazla araştırmadan sonra bile bulabileceğimiz hiçbir neden yok

Yolculuk farklı yerleşimlerde devam ediyor

Ama bilmek için, nereye inmemiz gerektiğini, çözüm yok;

Ruhlar, yolculuk maddi olmayan bir yolculuk olduktan sonra var olurlar ya da olmazlar

İnsanlıkta ölümden ve solus'tan sonra bilmek saraydır

Çalışma, araştırma ve hayal gücü önemlidir

Bilmiyoruz, ruhlar sadece yaşamın bileşenleri midir, kalıntı mıdır

Ya da ruhumuz sonsuz varlıktır, kalıcı değil.

Varlığımız

Kozmostaki varlığımız, yaşarken önemsizdir

Ölümümüzden sonra imajımız çabalıyorsa, bu tamamen önemsizdir

Dalıştan sonra aşk, mutluluk, neşe gibi şeyler anlamsızdır

Bal arısının kovanı dışında hiçbir varlığı yoktur

Ölümden sonra, deniz sürüşünde bir araba yolculuğunun tadını nasıl çıkarabilirsiniz;

Ölümden sonra ne tür bir saygı görürsek görelim, kimse bilmiyor

Sadece ömür boyu boyunca, kişi tanıma parıltısının tadını çıkarabilir

Hayat akışı durduğunda en yüksek ödülün bile değeri yok

Tanımak ve takdir etmek, asla cimri ve yavaş olmayın

Yarın acımasız bir zamandan, en büyük darbeyi alabilirsin.

Cinsiyet Ayrımcılığı

Her on üç dakikada bir kadın öldürülüyor
Onların sesleri, ortodoks dinler susturmaya çalışıyor
Dünya çapında, kadınlara karşı ayrımcılık akut
Doğanın gözünde aileler güzel ve sevimlidir
Ama kadın için uygar toplum kabadır;
Cinsiyet ayrımcılığı, bazı toplumlar reddediyor
Yine de modern toplumda da, tamamen seyreltilmiş değildir
Bazı kadınlar, liderlerimiz olarak, biz vekalet ederdik
Ulusların kadın reisleri, selam verirdik
Ancak genel resimde, bunlar sadece volute;
Bazı toplumlarda erkeğin üstünlüğü mutlaktır
Eşitlik isteyen, kovuşturdukları kadınlar
Ailedeki sefalet için, atfettikleri kadınlar
Binlerce kadın yoksullaşmaya zorlanıyor
Eşitliğin ilkel altın çağı, yeniden düzenlemeliyiz.

Toplum vs Avukat, Doktor ve Mühendis

Avukat, Doktor ve Mühendis hepsi profesyoneldir

Mühendisler genellikle benmerkezci ve tek yönlüdür

Savunucular çoğu zaman sosyal ve politiktir

Hayat kurtarıcı olarak, Doktorlar her zaman önemli ölçüde saygı duyarlar.

Mühendisler tarafından insanlarla etkileşimler zaman zaman gerçekleşir;

Avukat tarafından kullanılan adalet sistemi hala sömürgecidir

Doktorlar hormonal olan birçok sorunu çözemezler

Mühendislerin çözümleri hızlı ve her zaman işlevseldir

İnsanlar ve toplum için çalışmak zorunlu değildir, isteğe bağlıdır

Mühendislerle insanların bağları duygusal değildir;

Doktorlar pastayı yiyebilir ve toplumdan da alabilirler

Hastalıklardan ve ağrılardan kurtulmak her zaman bir önceliktir

Kimse hapiste, yalnızlıkta yaşamayı sevmez

Hapisten çıkmak her bireyin önceliğidir

Finansal dürüstlükten yoksun oldukları için Mühendislere daha az dikkat.

İnovasyonu Destekleyin

Yenilikçi düşünce önemlidir
Hayal gücü canlı olmalı
İlgili bilgi ve beceriler
Derece bariz için kitapları ezberlemek
Ancak dereceler için acele hala mevcut;
Çocukların benzersiz potansiyelini teşvik edin
Matematiksel değil zeka bölümü
Hayal gücü için genç daha iyi bir kimlik bilgisine sahiptir
İnovasyon için ebeveyn desteği şart
Uygun destekle, başarı katlanarak artacaktır.

Yaşam ve Yaşam Verimliliği

Verimlilik, çıktının girdiye bölünmesiyle elde edilir

Harcayamıyorsanız arka ayaktasınız demektir

Milyonlarca dolar kazansanız bile

Asla alimler listesinde olmayacaksınız

Alfred Nobel, bir fedai aldıktan sonra fark etti;

Yozlaşmış ve etik dışı olmaktan çok tasarruf edebilirsiniz

Antisosyal olduğunuz için kimse size asla sevgi ve saygı göstermeyecek

Birinin size selam vermesi şartlıdır

Kişisel veya politik nedenlerden dolayı olabilir

Ama senin yokluğunda, herkes tuhaf yorumlar yapacak;

Sadece para kazanmak bir erkeği asla gerçekten zengin yapmaz

Cömertlik ve yardımseverlikle sahada kalıyor

Aksi takdirde, milyonlarınız kolay yakalanan birine gidecektir

Tek bir koşu atmadan, hayatın maçını kaybedeceksin

Yaşam boyunca ve ölümden sonra, atılan bir grupta kalacaksınız.

İnsanlar Neden Hayatımıza Geliyor?

İnsanlar canlanır ve hayattan giderler, sebebini bilmezler
Ayrıldıktan sonra hayat bir
Önlenemez Hapishane
Hapishanede kalmak için çok fazla nedenimiz var
Ama hapisten çıkmak için tek bir çözümümüz var
Tanrı ve aile ile ihanet etmeliyiz;
İnsanlar der ki, ölümden sonra yaşam vardır ve ruh asla ölmez
O zaman başka bir yerde ruhlarla buluşmaya çalışırsak, neden bu kadar çok ağlıyor?
Belki de bizi hapishanede yaşamaya zorlamak için, insanlar yalan söylüyor
Eğer savaşta arkadaşları öldürmek suç değilse ve yüceltilmişse
Eğer birisi gidip ruhlarla tanışmak istiyorsa, insanlar neden korkuyor?

Bollywood'daki Genç Sanatçılar

Onlar ne ünlü ne de milyoner

Yiyecek, giyecek, barınak, paylaştıkları iş için

Genç sanatçıların zengin olması çok nadirdir

Üreticiler tarafından onlara yapılan muamele adil değil

Ancak dans sekansı için eşleşmeleri gerekir;

Genç sanatçıların tıbbi acil durum için parası yok

Bazen nakit para için yalvarmak zorunda kalırlar

Hayatları herhangi bir sıradan işçiden daha iyi değildir

Ayrıca iş bulmak için, komisyoncuya ödeme yapmak zorunda kalıyorlar

Ekranın arkasında, açlıklarını görmeye istekli kimse yok.

Politikacı

Kediyi çalmak mümkün değil
O zaten çok şişman
Şimdi pahalı paspas üzerinde oturuyorum
Herhangi bir sıçanın peşinden koşmayın
Sevgili evcil hayvanıyla oynamak;
Günümüzde, kedi nasıl kandırılacağını biliyor
Ücretsiz elektrik ve sübvansiyonlar en iyi araç
Zavallı sıçanların yüzme havuzuna ihtiyacı yoktur
Freebies tuzaklarıyla, her zaman kedi yönetecek
Sıçanlar dinlenmeli ve serin kalmalıdır.

Rasyonel Davranalım

Bütün hayvanlar hayatta kalmak için mücadele eder
Ama festivalleri yok
Ayrıca herhangi bir ritüelleri yoktur
Hayvanlar doğal oyunlar oynar
Bazı hayvan türleri de sosyaldir;
Hayatta kalmak için hayvanlar da kavga eder
Onların kavgası haklı ve mantıklıdır
Savaşa asla politik nedenlerle başlamazlar
Sadece insan tuhaf nedenlerle savaşır
İnsanoğlunun düşünmesi rasyonel değildir.

Evrenin Genişlemesi

Evren genişliyor ve yönsüz genişliyor

Sonsuz kozmosun dünyada sahip olduğumuz gibi bir yönü yoktur

Neden ve hangi evrenin genişlediği gizemi henüz ortaya çıkmadı

Bilim adamlarının anlattığı farklı hikayeler ve hipotezler

Bilim adamları topluluğunun kendisi, cesur bir teoriye oybirliğiyle katılmaz

Bir gün tüm bu hipotezler bir kenara atılacak ve soğuyacaktır

Sonsuz evrenin bir sınırı veya kenarı olamaz

Gizemli ve sonsuz sayfaların açıldığı bir kitaptır

Bir sayfayı okuduğumuzda, zaman ve mekan daha fazla sayfa ekledi

Edindiğimiz bilgiler sahne arkasında hızla modası geçti

Kozmos hakkında her şeyi bilme dürtüsü büyüyor

Yine de, evren ve Tanrı hakkındaki gerçeklik ve gerçekler ortadan kalkmıyor.

Bir Şey Ve Hiçbir Şey

Bir şey yoktan var edilebilir

Hiçbir şey bir şeyin nihai noktası olmayacak

O zaman evrenin varlığı mucizedir

Diğer her şey evrimdir ve basittir

Hiçbir şeyden bir şeyde bilim sakat bırakır;

Madde, antimadde, enerji, karanlık enerji hepsi hiçlikten geldi

Yine de, temel parçacıkların sayısı, fizik, hala sayılıyor

Varlığımız sanaldır ve illüzyon binlerce yıl önce anlatılmıştır

Şimdi, yine bir logo ile bilgi alanımıza geri dönüyor

Eğer bir şey hiçlikten geliyorsa mümkün değildir, birçok kavramdan vazgeçmemiz gerekir.

İnsanlar Trol Yaptığında

İnsanlar trol yaptığında
Sabrın olsun, kaydırın
Tuzağa düşme, düşme
Alışveriş merkezine gitme
Bırakın toplarını oynasınlar;
İnsanlar ünlü insanları troller
Kıskançlık basit bir nedendir
Popülerliğiniz üç katına çıkacak
Troll dribling yaparken ölecek
Troller sırasında daima alçakgönüllü olun.

Ölümümden Sonra

Ölümümden bir ay sonra, herkes unutacak

Bunun için dünyada pişman olmayacağım

Arkadaşlar ve akrabalar hedefe ulaşmak için meşgul olacaklar

Hızlı hareket etmeli ve hafif tugay gibi savaşmalılar.

Gelecek aya kadar, piyasada, yeni bir gadget olacak;

Bir yıl sonra adım tüm belgelerden silinecek

Gelecekte, kimse benden herhangi bir onay talep etmeyecek

Bazıları borç geri ödemesine gerek olmadığı için mutlu olacaktır

Ölüm belgem son başarım olarak kalacak

Yani, ölümden sonra gelecekte ne olacak, hiçbir duygum yok.

Önemsiz Ben

Bulunduğum yerde, şehrimde ve ülkemde önemsizim
Sosyal medyada bile kimse benim çıkışımı ve girişimi rahatsız etmiyor
Her birey kendi iç partisiyle meşguldür
Şehir kalabalığında, yalnızım ve yalnız yaşıyorum
Hep birlikte, sosyal hayatı çok kirlettik;
Evrendeki önemimiz bir tozdan milyonlarca kat daha küçüktür
Dünyada da binlerce yıldır hayatımız sürmüyor
Sadece sosyal bir hayvan olarak, önemimizi ortaya koyabiliriz
Bir baloncuk gibi, varlığımız her an patlayabilir
Ayrılışımızdan sonra zenginlik, isim, şöhret her şey paslanacak.

Mutsuz Beni

Mutlu değilim, çünkü sağır, dilsiz ve kör değilim
Hayatın her adımında sömürü ve adaletsizlik buluyorum
Vicdanım ve hassasiyetim, kalıcı olarak sarılamıyorum
Ağzımı bazı imtiyazsızlar için açarsam, arkadaşlar da umursuyor
Sessiz seyirci kalamam, kaba sözler duyamam;
Sabahleyin yaşlı adamın yüklü bir arabayı çektiğini gördüğümde
Üzüntüm ve mutsuzluğum başlamaya başladı
Kırmızı ışıkta, birkaç dilenci arabamı çaldı, kalbime dokunuyor
İçimdeki zihnim sessiz ve akıllı kalamaz
Mutluluğumu bilmeden, sessizce ayrılıyorum.

Ruhsal Başkaldırı

Yüz yıl yaşamak benim vizyonum değil
En lezzetli yemekleri yemek benim görevim değil
Markalı kıyafetlere sahip olmak bir çözüm değildir
Bütün bunlar ağrımı sulandıramaz
Konfor ve huzur için, daha iyi ikame edilmeye ihtiyacım var;
Dünyayı kınamak da iyi bir yön değildir
Meditasyon sadece geçici kış uykusuna yatar;
Bütün dinler şimdi yanlış, çirkin bir konumdadır
Gerçekten, bilim hala uzak bir yerdedir
Bu yüzden, ruhsal başkaldırıdan acı çekiyorum.

Artık maddi bir şeye gerek yok

Hayatta şimdi kazanılacak maddi bir şey yok
Gelecek sadece acıyı deneyimlemek içindir
Acıya nasıl tahammül ettiğim asıl sorudur
Acı beni sert bir zincir gibi bağlıyor
Acıdan kaçmak için tüm çabalar boşuna gitti;
Her şey yolundaydı ve yüksekten uçuyordum
Fırtına geldi ve uçuş kızak oldu
Sevgili arkadaşımı kurtaramadım
Yine de, böyle bir durumda uzman olduğumu düşündüm
Şimdi acıyı kabul etmek dışında, hiçbir çözümüm yok.

Aile Kültümüz

Ne kadar komik, hiç bağımsız bir yetişkin olarak yaşamadım

Bu yüzden, şimdi zamanın geri dönüşü olmayan saldırısıyla yüzleşmeyi çok zor buluyorum

Ailemiz, büyük büyük Anneler Günü'nden beri, feminist kült

Ailede eşit muamele ve haklar geleneksel sonuçtur

Bazen, komşulardan, erkek 'henpecked' hakaret duymak zorunda kalır;

Şimdi, bağımsız bir yetişkin olarak yalnız yaşamak çok zor

Güzel orta kültümüzde bekar olarak nasıl hareket edebilirim?

Altmış yaş üstü takla atmak zordur

Yetişkin olmayan biri olarak baştan başlamak zorundayım

Benim için doğru zaman, bir akıl hocası veya jurisconsult'a sahip olmak.

Hayat Artık Farklı Bir Oyun

Hayat şimdi aynı değil
Sakatlıkla, topalım;
Yani, bu farklı bir oyun
Herkes evcilleştirmeye çalışıyor
Bunun için kimseyi suçlayacak kimse yok;
Kurallar farklı değil
Yeni bir formatta oynamalıyım
Devam etmek için, uykuda kalamam
Şimdi kazanmak ya da kaybetmek çok önemli değil
Oyunu tamamlamak için uygundur.

Tek Başına İyi Sağlık Uzun Ömürlülüğü Garanti Edemez

Zihinsel sorunlar kendi yaratımımız olabilir
Ancak birçok fiziksel problem için açıklama yok
Dengeli diyetler bile çok az seyreltme yapabilir
Egzersiz her zaman mükemmel bir çözüm değildir
Sağlıklı olan hiçbir bilgi olmadan ölür;
Tek başına iyi sağlık, uzun ömürlülüğün garantisini veremez
Hiç kimse hayatı tam bir özgünlükle tahmin edemez
Yaşam yolculuğu elektrik gibi sinüzoidaldir
Hayatın elastikiyetini ölçmek için farklı ölçütleri vardır
Hayatı yaşamanın daha iyi yolu, bugünü sadelikle yaşamaktır.

Hayatı Daha Fazla Yaşa

Hayatı daha fazla yaşayabilirsin, eğer içeriyorsan

Hayat huzur ve mutluluk çeşmesinde olacak

Çevreleme, şehvet ve açgözlülük için dizginlemeniz gerekir

Gerekli minimum kaynaklar, korumak için iyi sağlık

Meditasyon yapın, gülümseyin ve daha az yiyin, uzun ömür devam edecektir;

Daha sonra rahatlık ve rahatlama için çok çalışıyoruz

Ancak formda olduğumuzda rahatlamak her zaman daha iyidir

Hastane yatağında rahatlıyorsanız, önemli değil

İş, inziva ve tatili birleştirmek daha akıllıcadır

Kimse bilmiyor, milyonlarla bile, biri açlıktan ölebilir.

Eşitsizlikler

Toplumda kadınların sömürülmesi içseldir
Toplumda Atlantik'ten daha derin köklere sahiptir
Kadınlara işkence etmek için çok fazla fanatik var
Din adına, kadınları statik kalmaya zorluyorlar
Kadın eşitliğine karşı toplumda çok fazla eleştirmen;
Nesiller boyunca kadınlar eşitsizliklere tolerans gösteriyor
Hayatta erkeğe hizmet etmek onların görevleri olarak kabul edilir
Kadınların çoğunluğu tatlı olarak kalmayı tercih ediyor
Elbiseleri ve güzellikleri hakkında daha fazla endişe duyuyorlar
Modern günlerde bile, kadınlar eşitsizliklerle dolu hayatlar yaşıyorlar.

Bir Yıl Geçmek Üzere

Hayatınızdan bir yıl daha geçmek üzere
Birkaç gün içinde, bu yıl, vazgeçmek zorundasınız
Bir yıl kargonuzdan boşaltılacaktır
Bekleyen işler için zaman ambargo koyabilir
Bazıları hareket etmekte ve vertigo ile yüzleşmekte zorluk çekebilir;
Yıl geçmeden önce damganızı zamanında alın
Bu yıl bir önceki yılın durumu gibi olmamalı
On bir aydan fazla bir süredir, üssü inşa ettiniz
Düdük çalmadan önce yarışınızı tamamlayın
Aksi takdirde boşa geçen bir yılla yine karşı karşıya kalacaksınız.

Rab'bin Gözünde

Ey Rabbim, çok günahkâr olmalıyım
Her gün artık acı verici
Gözler her zaman yaşlıdır
Bol miktarda kaynağa gerek yok
Daha uzun yaşamak artık zararlıdır;
Karanlık günler için, hiç de yetenekli değilim
Durumun eğlenceli olmasına asla izin verilmedi
Hayatım boyunca asla zararlı olmadım
Asla kötü yapmadım, ki bu kasıtlıydı
İnsanlık için saygılıydım;
Her zaman dürüst olmaya çalıştım
Asla utanmaz olmadım
İnsanları neşelendirmeye çalıştım
Toplum için faydalı olmaya çalıştı
Cevap yok, neden senin gözünde günahkârım?

Neden denemiyorsun?

Hayatın son bölümünde, kimse gölgenizi ölçmeyecek
Gölgeniz uzadığında, zihninizin penceresini açın
Toplumdan daha fazlasını nasıl alırsınız, vazgeçmek zorundasınız
İnsanlığa katkınız tek logonuz olacak
Çok az insan Gogo'yu hatırlamaya zahmet etti;
Öldükten sonra kimse banka bakiyenizi takdir etmeyecek
Daha iyisi, doğum gününüzde, elmalı turta dağıtmanın tadını çıkarın
Cömert ve nazik olursanız, başarılı olmak vie olacaktır
İyilik için katkıda bulunursanız, cömertliğiniz kimse yalan söylemez
Gölgen karanlıkta batmadan önce, neden denemiyorsun?

Tanrı'nın Alanında

Hiç kimse Tanrı'yı, Melek'i veya elektronu görmedi
Ama beynimizde onların varlığı için kesin görüş
Elektron için bilimsel açıklamamız var
Tanrı, Melek ve Ruh için, inanç çözümdür
Oysa binlerce yıldır bu inançta hiçbir sulandırma yoktur;
Tanrı'nın alanında, madde, enerji, zaman alakasız olabilir
Sadece atom altı seviyenin ötesindeki bilinç önemlidir
Kozmosun oluşumunda ve kırılmasında varlığımız önemlidir
Galaksilerin varlığı için, Tanrı yüce bilinçle olmalıdır
Kuantum dolaşıklığı olan ölümsüz ruh, bilim kullanacak.

Büyük Yalancı Politikacı

Dünyadaki birçok insan utanmaz
Her şey için, suçladıkları biri
Bu onların başarı mantrası ve kirli oyunu
Başkalarını suçlayarak, isim ve şöhret kazanırlar
Zihinsel olarak topal olduklarını asla fark etmeyin;
Yalancılar her zaman asla yalan söylemediklerini iddia ederler
Ama onların ağzından, her an yalan uçar
Dinleyiciler hayal kırıklığına uğrar ve utangaç olurlar
Yalanlarını durdurmak için, herkes denemekten korkuyor
Yalanlarına hapsolduklarında, utanmadan, ağlarlar.

Sonunda Hiçbir Şeyin Önemi Yok

Hayatta hiçbir şey sonunda önemli değil
Bu yüzden, her zaman bugünü daha iyi yaşamaya çalışın
Bugün yaşayarak, daha akıllı olursunuz
Dün asla geri gelmeyecek, hatırla
Gök gürültüsü olsa bile yağmurun tadını çıkarın;
Yarın zevk alacağım en büyük gafettir
Kaderine teslim olmak zorunda kalabilirsin
Savaşın zarar görmüş evinin önünde dururken, merak edeceksin
Tüm hayatınızın sıkı çalışması birkaç metre altında olabilir
Sonunda, yaşam ve ölüm arasındaki fark çok incedir.

Yaşamın Amacı

Yaşamın amacı yiyecek ve zaman tüketmektir
Daha iyi ve maksimum tüketmek nasıl asal
Zaman görünmezdir, bu yüzden insanların çoğu endişelenmez
Ama eğer iyi yemekten mahrum kalırlarsa, üzülürler
Spor ve filmlerde zaman tüketen insanlar neşelidir;
İnsanlar yaşam amaçları olarak yüzlerce neden söylerler
Yine de, en önemlisi eşle nasıl zaman geçirileceğidir
Yiyecek ve zaman tüketimi dışında, hepsi ikincildir
Ancak, sınırın dışında arama yapmak gerekir
Yaşamın sonunda, herkes karanlık ocağında olacak;

Bilim Şimdi Gerçek Olmadığımızı Söylüyor

Sahte umutlarla sahte bir dünyada yaşıyoruz
Asma ipimizin ne kadar güçlü olduğunu bilmiyorum
Din denilen afyon ile baş etmeye çalışıyoruz
Ama bir an içinde, her şey kaçabilir.
Kimse bilmiyor, hayatın eğimi ne kadar sert;
Sınırlı yarışı kazansanız da kaybetseniz de
Kimsenin seçme seçeneğinin olmadığı ödüller
İçgüdü bizi yaban kazı gibi uçmaya zorladı
Seni kaybetmek için yüksek umutlar yapmak için daha iyi
Zehirli yaşamla savaşın, ölene kadar, monkaz gibi.

İsteğimiz Olmadan Geldik

Buraya dileğimiz olmadan geldik
İstemesek bile gitmek zorundayız
Neden geldiğimizi bilmiyoruz
Buraya geldikten sonra oyunu oynamalıyız
Erken kaçmaya çalışırsak, bu utanç meselesidir;
İsteklerimizin doğum ve ölümle hiçbir ilgisi yoktur
Sadece değerimizi ve zenginliğimizi yaratabiliriz
Yine de, tek bir kuruş taşımamıza izin verilmiyor
Yine de, yerine getirilmemiş arzularımız olabilir.
Daha iyisi, bugün tadını çıkarın, sevin, gülümseyin ve azgın olun.

Ayinleri

Ritüellerin amacı, iyiliğin kötülüğe karşı zaferini kolaylaştırmaktır

Ancak Hint ritüelleri sosyal şeytanlardan hiçbirini öldürmeyi başaramadı

Giderek daha fazla kötülük toplumumuza mağara yoluyla giriyor

Ritüeller fakir adamı uyuşuk ve bedevil yapıyor

Kötülüğü ortadan kaldırmak için, ritüeller yerine, cüretkar olun;

Ritüeller adına, insanlar batıl inançları yayar

İnsanlar batıl inançları büyük başlıklarla yayıyorlar

Batıl inancı ortadan kaldırmak için, Hint halkının hiçbir çözümü yoktur

Eğitimli ve elit sınıflar eylemle ilgilenmiyor

Batıl inanç için, sosyal liderler yeni gösterimler yaratıyorlar.

Ben önemsizim

Dünyada ne kadar önemsiz olduğum, beni komik kılıyor
Bugün dünyadaki hayatımı güneşli kılmaya karar verdim
Gülümseyelim, birlikte dans edelim ve biraz bal içelim
Keyifli ve konforlu kalan yolculuğum olacak
Birlikte eğlenmek için kimsenin bana para ödemesine gerek yok;
Zaman alanındaki varlığımız istikrarsızdır
Neden gereksiz anlaşmazlıklar ve sorunlar yaratmak için
Bugün alçakgönüllü olarak her şeyi çözelim
Yarınki yolculuğumuz kesin ve ölçülebilir değil
Zamanın oku gece yarısı vurabilir ve ben de eğilirim.

O'nun Fedakarlığını Hatırlayın

Gerçeği söylediği için acımasızca çarmıha gerildi
Ama İsa bedensel acısı için ağlamadı
Cahil insanlar için, Baba'ya dua etti
Onları karanlıktan çıkarmak için denedi
Zalim günahkârların ellerinde ölmedi;
İnsanoğlu için meşale taşıyıcısı oldu
Yavaş yavaş, zalim insanlar hatalarını fark ettiler
Onun sevgi mesajı, şifa harikası yarattı
Noel gök gürültüsü gibi dünyaya yayıldı
Bu Noel, herkesi sev, onun fedakarlığı, hatırla.

Noel'i Kutlayalım

Kendi canını feda edecek tek peygamber
Hiçbir zaman çok fazla cariye veya eş olmadı
Günahkârdan değil, günahtan nefret etmek, onun mesajıydı
İnsanlığa, en iyi pasajı gösterdi
Onun öğretileri insanlığın kullanımı için mükemmel;
Onun fedakarlığını hatırlamak için Noel'i kutlayalım
Nefrete karşı, hepimiz yüksek ses çıkarmalıyız
Kavgaları ve savaşları durdurmak için, öğretileri en iyi araçtır
Daha iyi bir barış dünyası yaratmak için sözleri yeterlidir
Kelimelerde ve ruhta, sevgi hiç nefret etmez, pratik yapalım.

İkiyüzlülük

Dünya ikiyüzlülüğü olan insanlarla dolu
Görüşleri her zaman bencil ve gürültülüdür
Çifte standartlı insanlar gerçekten berbat
Kendi kazançları ve karları için meşguller
Kendi çıkarlarını yerine getirmek için, durumu kitlesel hale getirirler;
Hayatta, her zaman ikiyüzlü insanların farkında olun
Düşünceleri karmaşıktır, asla basit değildir
Basit hayatınız, kolayca sakat kalabilirler
Onlarla başa çıkmak için, nasıl dribling yapılacağını öğrenmelisin
Aksi takdirde, her adımda, sorun yaratacaklardır.

Özür İste

Hayatta herkesin farklı felsefesi vardır
Her birey farklı psikolojiye sahiptir
Her bireyin de farklı ideolojisi vardır
Her insanın nörolojisi farklıdır
Hayattaki herkes farklı kronoloji yazar;
Birisi üçleme yazmakla ilgilenebilir
Arkadaşları biyolojiye yoğunlaşıyor olabilir
Bazıları miksoloji çalışmakla meşgul olabilir
İnsanlarda her zaman analoji olacaktır
Hata durumunda, özür dilemek daha iyidir.

İlerlemeyi Asla Bırakmayın

İyi işler yapın, bazı insanlar kıskanç olacaktır
Daha iyi işler yapın, bazı insanlar duygusuz olacak
En iyisini yapmak için, bir dahaki sefere, daha ciddi olun
Eleştiri duymayı bırakırsanız, bu tehlikelidir
Dindar olduğunu düşündüğünüz işleri yapmaktan asla vazgeçmeyin;
Hareket etmesek bile, günler, aylar, yıllar gelecek
Bir gün, yaşlılık ve mezarlık karşılayacaktır
Kimse ilerlemeyi durduramaz, doğa izin vermez
İyi işler yapsan iyi olur ve belirsiz gelecek takip eder
Ölene kadar, hareket etseniz de etmeseniz de, yarın vardır.

Aşk Hepsini Nefret Et Hiçbiri

Aşk, gerçek ve dürüstlük en iyi olumlu şeylerdir
Getirdikleri barış, huzur ve memnuniyet
Gerçeği ve Tanrı'yı ararken kanatlarımızı açarız
Zihnin huzuru ve sükûneti asla değişmez
Bu erdemler krallardan daha güçlüdür;
Nefreti, egoyu, kıskançlığı ve şiddeti bir kenara attığımızda
Nefret ve kıskançlığa karşı, sevgi en iyi savunmadır
Huzur ve sükûneti sessizlik içinde hissedebiliriz
Evrensel sevgi ve kardeşlik sağduyumuz haline gelir
Kötü güçlere ve kötü düşüncelere karşı zihin direnç gösterir.

Fife'yi Memleketinizde Oynayın

Dünya hayatının her yerinde aynı
Sadece farklı olan oyunun kuralıdır
Bazen farklı isimler veriyoruz
Ama açlık ve acı, hiçbiri evcilleştiremez
Mezarlıkta herkes topal olur;
Vatanımızı çekişmelerle dolu olarak düşünmek
Daha iyi bir yaşam kalitesi için göç ediyoruz
Bazen iyi bir eş için ayrılırız
Dünyanın hiçbir yerinde, konfor çok yaygın değildir
Dünyanın herhangi bir yerinde, fife oynamak mümkün.

İşletmeler İçin Güzellik

Güzellik cildin derinliklerindedir ve sınırlı bir süre için

Bir kez zamanlandığında, steroid üzerinde yaşamak zorunda kalabilirsiniz

En güzel Marilyn'in hayatı bile boştu

Güzelliğinle çok fazla gurur duy, her zaman kaçının

Beyinsiz güzellik sadece geçersiz bir yaşamdır;

Yine de, herkes cildin derin güzelliğinin peşinden koşar

Hiç kimse içseli akıcı bir şekilde dinlemeye istekli değildir

Güzellik her zaman beyinden daha fazla tercih edilir

Bunun için zihniyetimiz, toplum ve tarih eğitimi

Modern yaşamda, güzelliğin iş için kullanılması esastır.

Can Sıkıntısı İçinde Yaşayalım

Edinilmiş immün yetmezlik sendromu ile birlikte yaşıyoruz

Hepatit çeşitleri komşularımız rastgele

Dünya her zaman korona virüsünün ve derebeyliklerinin yaşam alanıdır

Virüsler her zaman krallıklarını korur ve genişletir

Virüslerden insanlar asla özgürlüğe kavuşamayacaklar;

Hayatı AIDS'ten korumak için insanlar prezervatif kullanır

Covid19 ile yüz maskeleriyle birlikte yaşamak bilgeliktir

Bağışıklıkla, covid19 gangsterliğinde hayatta kalmalıyız

Zamanla korona varyantları yıldızlığını kaybedecek

Ama şimdilik, koruyucu donanımla, can sıkıntısı içinde yaşayalım.

Enerji ve Madde

Maddeyi enerjiye dönüştürmek daha kolaydır
Ancak enerjiyi maddeye dönüştürmek daha telaşlıdır
Tüm canlılar maddeyi enerjiye dönüştürebilir
İşte bu yüzden, hepimizin acıkmasının nedeni budur
Enerjiyi maddeye dönüştürmek için, bilim adamları öfkelenir
Madde ve enerji aynıdır, sadece farklı biçimdedir
Yine de, geri dönüşümlülük süreci bilinmeyen solucandır
Tanrı, dönüştürülmesi kolay bir süreç bilir
Bu kolay süreç, şimdiye kadar bilimin gerçekleştiremediği bir süreçti
Süreci bir kez öğrendiğimizde, insanlık deforme olacaktır.

Kurtarıcı İsa

Buda ve İsa dünyayı barışçıl hale getirmeye çalıştılar

Din için çatışma ve şiddet utanç vericidir

Barışın hayatta kalması için, onlara insanlık minnettardır

İnsanlığın ilerlemesi için, onların öğretileri harikadır

Canlıların hiçbirine, asla zararlı olmayın;

Onların öğretilerini bütünleştirirsek, dünya daha iyi olacaktır

İlerleme ve refahtan, şiddetsizlik her zaman önemlidir

Herkesi sevmek ve hiçbirinden nefret etmemek, dünyamızı daha büyük yapar

Onları takiben, insanlık ve insanlık müreffeh olabilir

Dünyada hiç kimse yoksulluk ve açlıkla karşı karşıya kalmayacak.

Kıskançlık Aşağılık Kompleksini Doğurur

Kıskançlık kendi aşağılık kompleksimizden doğar

Başarısızlığımız ve komşularımızın başarısı onu çok yönlü hale getirir

Basit hale getirmek için kendi işinize dikkat edin

Daha iyi performans göstermek ve iyi şeyler yapmak için iyi bir refleksiniz olacak

Hayatınızda ve vizyonunuzda farklı endeksler göreceksiniz;

Hayatta hiçbir iş daha düşük değildir, ancak fiyat etiketleri farklıdır

İş size geçim kaynağı ve zevk veriyorsa, bu yeterlidir

Göreviniz işi daha iyi ve verimli bir şekilde yapmaktır

Para hırsı, mevki için her iş yetersiz kalacaktır

Görevinizi ve işinizi etkili bir şekilde yapmak daha uygundur.

İyi Olmak İyidir

İyi olmak iyidir

Açlık kötü bir ruh hali yarattı

Yoksullar yiyecek çalmaya zorlanıyor

Dürüst olmak gerekirse, fakir ayakta duramaz

Fakirlerin iyiliği rood'a asılıdır;

Zavallı insanlar aynı zamanda Tanrı'nın sevgi dolu delikanlısıdır

Koşullar yoksulları kötü olmaya zorladı

İyilikten vazgeçmek için üzüldüler

Yoksulluk yüzünden bazıları deliriyor

İyi yolu takip etmek için memnun olacaklardır.

İyi Sağlık

Sabah yürüyüşü sağlık için iyidir
İyi sağlık değerli zenginliktir
Para için sağlığı ihmal etmek yanlıştır
Sadece iyi sağlık sizi güçlü yapabilir
Sağlıkla uzun yaşayabilirsiniz;
Sağlıksız para sınırlı kullanımdadır
Neşeli, mutlu bir yaşam için ilham veremezsiniz
Zihninizin ve ruhunuzun yaşam alanı, asla kötüye kullanmayın
Sağlık yerine para kapmak, her zaman reddetmek
Uzun vadede, iyi sağlıktan elde edilen kazanç çok büyüktür.

Noel Yılda Bir Kez Gelir

Noel yılda sadece bir kez gelir
Noel'i korkmadan kutlayın
İsa'nın bugün, çok yakınımız olduğunu hissedin
İnsanlık için, İsa'nın öğretileri değerlidir
Günahkârları öldürdükleri için bağışlamak nadirdir;
İsa'nın önünde günahımızı itiraf ettiğimizde
Suçluluktan kurtulmak için başarılı oluruz
İsa'dan önce, kötü ruhlar asla odaklanamazlar
Zavallı çocuklara Noel hediyeleri verin
Birlikte güzel bir bahçe yapabiliriz.

Karaya Ulaşmayı Beklerken

Hayatımın en karanlık yılbaşı gecesi
Çünkü sevgili eşimi kaybettim
Her sabah güneş doğduğunda ağlıyorum
Önümüzde gün kayalık ve kuru
Güneş battığında sakin ve utangaç olurum;
Artık gerçekten olmadığına inanamıyorum
Çekirdek olmadan nasıl hareket edebilirim
Şimdi hayatın mağazasında güzel bir şey yok
Sadece angarya ile sefalet ve gözyaşları
Son kıyıma ulaşmayı bekliyorum.

Güneş Yeni Yılı Bilmiyor

Ne dünya, ne de güneş Yeni Yıl Günü'nü bilmiyor

Her zamanki gibi, güneşten dünyaya yedi renk ışını gelecek

Hayvanların veya kuşların hiçbiri yeni yılı kutlamayacak

Sadece insanlar için, Yeni Yıl Günü çok değerli

Çünkü insanlar ölümün yaklaştığını bilirler;

İnsanın dünyada zaman geçirmek için yollara ve araçlara ihtiyacı vardır

Zamanın kutlama geçişi yoluyla, ortaya çıkmaya çalışırlar

Erkeklerin soğuğun üstesinden gelmesi için şaraplar ve alkol var

Hayvanlar insan kadar şanslı ve cesur değildir

Yeni yılları, sargının altında ve anlatılmamış kalır.

Günler, Aylar ve Yıllar

Günler, haftalar, aylar, yıllar hepsi keyfidir
Yine de, bu ölçü birimleri gereklidir
Çürüdüğümüz her an birincildir
Yumurtalıkta yaşam doğumdan önce başlar
Zaman sadece korkutucu çürüyen bir süreçtir;
Günlerin takvimi farklı ülkelerde farklıdır
İngilizce yeni yılı farklı sınırlarda farklı zamanlarda başlar
Saat ve tarihle ilgili olarak, birçok sorgumuz var
Zaman alanında, çürüme ve yaralanmalarla karşı karşıyayız
Bazı insanlar için zaman kaybetmek lükstür.

Siyah İnci

Futbol krallığının imparatoruydu
Topu ceza sahası içine sürmek için, onun derebeyliği
Mükemmel yetenekleri ile rastgele gol atabilir
Adil oyun ve rakiplere saygı duymak onun bilgeliğiydi
Futbol dünyasında efsane ve gerçek fantomdur;
Centilmen ve mükemmel bir futbol elçisi
Oyunu popülerleştirmeye katkısı çok uzun
Onun günlerinde iletişim zayıf ve küçüktü
Yine de onun ihtişamı ve şöhreti, her köşede ve köşede kartopu
Dünya Kupası'nda hentbolda hiç gol atmadı.

Yılbaşı Gecesi

İklim değişikliği artık ciddi
Soğuk hava dalgası birçok yerde öfkeli
Rüzgar hızı da muazzamdır
Evden çıkmak tehlikeli hale gelir
Yılbaşı gecesi esprili olmayacak;
Sokaklar, evler, arabalar kalın buzun altında
Kutlamaya gitmeden önce, iki kez düşünün
Evde, tavukta ve pilavda yemek pişirmek daha iyidir
Restoranlarda fiyat iki katına çıkacak
Bu yılki kutlama basit ve güzel olacak.

Hayal Gücünün Gerçekliği

Bazen birçokları için Ay bir daha asla doğmaz
Ateşböceklerinin ışığıyla hareket etmek zorundalar
Yine de, uzun karanlık da bir gün sona erer
Melek hepsini karşılamayı bekler
Günlerimiz bittiğinde, orada olacağız
Kuantum dünyasında tekrar daha parlak Ay görecek
Başka bir kozmosta sevgili yıldız arkadaşlarımızla oynamak
Bunun bir parçası olacağız ve yüzlerce gülümseyen Ay göreceğiz
Bu sadece bir zaman meselesidir, bugün, yarın veya bir gün sonra
Çok uzun süre bekleyemem, eğer gerçekse o kadar erken o kadar iyi.

Aynı Parça

Hepimiz aynı pistte koşuyoruz
Kimse geri dönmeye tekrar başlayamaz,
Birisi yüz metre koşuyor
Birisi dört yüz metre koşuyor
Ve bazıları uzun maraton için;
Hedef aynı, kendi mezarlığı
Yani, yolculuk için her zaman saygı gösterin
Konsol, birisi ilerleyemezse
Yolculuğun sonunda herkes aynı ödülü alır
İsa, Buda, Muhammed bile aynı ödülü aldı.

Uzun vadede

Uzun vadede, hayatın bir amacı yoktur
Sanırım eylemlerimizin sebepleri var
Sadece oluşturduğumuz yaşam yolculuğumuz
Eylemlerimizin sonuçları, Tanrı elden çıkarır
Sonunda, sevgili bedenimiz ayrışır;
Zamanımızı eylemlerde ve tepkilerde geçiririz
Bunun dışında hiçbir çözümümüz yok
Zaman bize birçok yaptırım dayatıyor
Yavaş yavaş umutlarımızın sulandırılmasıyla yüzleşiyoruz
Son olarak, hayatın yanılsamalarını düşünerek ölürüz.

Zengin Öl

Hayattaki her şey boşuna bir egzersizdir
Basit ve kesin olmak daha iyidir
Neden gereksiz yere vergi ödüyorsunuz?
Kimsenin ölümünü rahatsız edecek zamanı yok
Bu nedenle, bilançonuzu kısa ve öz hale getirin;
Uzak kırsal kesimde yaşam mutluluktur
Kaçırabilecekleri bir şey olsa da
Yaklaşırlar ve sevgili varlığın öpücüğü
Göletten taze balık yiyebilirler
Son sayımda, basitlik zengin ölmektir.

Covid19'un Yeni Varyantı

Haber vermeden Covid19 aniden geldi
Hayatımızı ve ekonomimizi sağlam bir şekilde değiştirdi
Allah'a şükür aşı bize hızlı bir şekilde geldi
Covid19 artık düşmanca ve asi değil
Ancak, şimdiye kadar tamamen ortadan kaldırılmamıştır;
Covid19 şimdi varyantını değiştiriyor
Bu nedenle, ilgili güvenlik önlemlerini takip etmek
Covid19 kalıcı kalacak gibi görünüyor
Onu dünyanın sakini olarak kabul etmeliyiz
Hayatımızın geleceği daha belirsizdir.

Yeni Yılın Bir Haftası Hızla Geçti

Yeni yılın bir haftası geçti

Geriye dönüp bak, ne işler yaptın

Belki de yediniz, uyudunuz ve hiçbirini yapmadınız

Konfor bölgesinde sakin kaldın

Bugünü düşünün ve tonunuzu değiştirin;

Yakında hafta hızla ay olacak

Aylar hızla yıl olmaya doğru ilerleyecek

Yavaş düşünmek için yarını beklemeyin

Bugün, şimdi zamanında harekete geçme zamanıdır

İkinci haftayı büyük, sağlam bir şekilde yapmak için çalışın.

Majesteleri

Fizikle Tanrı'nın var olduğuna dair bir doğrulama yok

Darwin'in evrim teorisi de devam etmektedir

Tanrı'nın varlığı, sadece sınırlı insanlar direnir

Tanrı'yı yazmak için, birçok bilim adamı da vazgeçer

Sadece sorular, meraklı insan ısrar edebilir;

Darwin'in teorisinin kayıp halkası hala karanlıkta

Savaşlardan, yıkımlardan sonra bile insanlar Tanrı'nın iyiliği için dua ederler

Belli bir noktada, insan entelektüel körlüğe maruz kalır

Mantığı, nedenleri ve bilimi vahşi doğaya itti

Ölümlüler arasında, Tanrı her zaman Majesteleridir ve öyle olacaktır.

Kısmilik

Gandhi Ji kısmi olduğunda
Hindistan'da hiç kimse tarafsız değildir
İnsanlar kazanılmış çıkarlar için hareket ederler
Liderler yuvada rahatça yaşar
Ama başkalarını da yanında tutmayın;
Kast, inanç, din için kısmiyiz
Bazen bölge için taraflılık
Kısmilik çevresel bir zehirdir
Bizim zihniyetimizde, kültürel dayatmadır
Tek bir dünya, tek bir insan ırkı yaratmak çözümdür.

Karşı çıkamam

Benim için hayatın artık bir amacı yok
Sanırım yaşamak artık acı verici
Bu tür bir yolculuğu asla önermem
Empoze etmeden kaderdir
Hayatta kalmak için, yeni melodi, bestelemek zorundayım;
Eski bagaj ve yükler, açıklamalıyım
Birçok eski hesabı, kapatmak zorunda kaldım
Bu gerçektir, hayatın çok fazla ramosu vardır
Hayatta kalmak için az glikoz almak zorundayım
Doğal içgüdülere de karşı çıkamam.

Rahipler

Kurtuluşun için rahibin peşinden koşmayı bırak

Ritüeller rahiplere finansal çözüm sunar

Tanrı'yla buluşmaları için onlara rüşvet vermek Tanrı'nın aşağılanmasıdır

Temiz zihinle Tanrı'ya kararlılıkla dua edin

Dürüst ve iyi bir insan olmak için, bozulmamış bir kuruma gerek yoktur;

Tanrı her şeye kadirdir, merhametlidir ve her yerde mevcuttur.

Bir yere gitmek için rahiplerin peşinden koşmak neden gereklidir?

Tanrı hiçbir zaman insanlardan kendisine rüşvet ödemelerini istemedi

Tanrı'ya rüşvet vermek, uygar olmayan kabile tarafından başlatıldı

Modern uygarlık ilkel bir arı kovanı değildir.

Din ve Alkol

Dinler kitleler için havuçtur

Tanrı sınıfların elindeki sopadır

Ve uygarlık yavaş yavaş ilerliyor

O kadar çok Tanrı, insan tarihi üretti ki

Tanrı insanından dolayı, dinin birçok dalı vardır;

Yöneticiler özgür düşüncenin iktidarı elinde tutmasına izin vermediler

Bazen alkol duşu ile kontrol etmeye çalışırlar

Din ve alkolün her ikisi de sarhoş edicidir

Çünkü özgür düşünürün dini aşağılayıcıydı

İnsanları din için öldürmek için cihat kışkırtıyor.

Duyular Harika, Zihin Daha Büyük

Evet, duyularımız harika ve tatmin etmeye çalışıyoruz
Ama akıl üstündür ve arzularımıza, aklımıza meydan okuyabilir
Duyuların arzusunu, zihni kolayca değiştirebilir
Arzularımız, duyularımız, rasyonelleştiremez veya birleştiremez;
Sadece zihin seçme ve onaylama gücüne sahiptir;
Hayvanlar, tatmin edici duyular için duyular tarafından yönlendirilir
Bu nedenle, bazı hayvanlar ormanda yoğun bir şekilde yalnız mutludur
İnsan söz konusu olduğunda, zihnin merceğini asla görmezden gelemeyiz
Zihin için, bazen ikilem ve gerginlik içindeyiz
Zihnimizi kontrol edemezsek, manse içinde mutsuz oluruz.

Mucizeler nadiren olur

Sıfır olasılıkla bile her zaman umut ederiz
O zaman başa çıkmamız zorlaşır
Hasarlı ipi birleştirmek için boşuna uğraşıyoruz
Bugün ve yarın umudumuzla kaçış
Farkına vardığımızda yokuşun dibindeyiz;
En iyisini ummak, ancak en kötüsüne hazırlanmak iyidir
Ama umutla, kaybettiğimiz daha birçok daha iyi olasılık
Mucizelerin gerçekleşmesini ummak için, en çok acı çekeriz
Mucizeler umuduyla, hayatımız kızarabilir
Unutmayın, şeytanı ve hayaleti yaratan zihindir.

Tanrı'yı Kim Hayal Etti?

Tanrı şovenist erkek tarafından hayal edildi
Böylece, kadınlara daha az haklar verildi
Bir dinde, kadın sadece cehenneme gider
Tanrı'nın onlar için zil çalacak kimsesi yoktur
Erkeğin üstünlüğünü, her din anlatır;
Gey ve lezbiyenin cennette yeri yoktur
Bütün dinlerin çaldığı kimlikleri
Tanrı eşcinsel bir peygamber tarafından hayal edilmiş olsaydı
Eşcinsel Tanrı trompetini çalardık
Eğer birisi Tanrı'nın lezbiyen olduğunu söylerse, fırtına olacaktır.

Her Şey Artık Tarih

Hayatımdaki her şey artık tarih oldu
Gelecek için yaşamak büyük bir gizemdir
Hiçbir hamur işinde tat alamamak
Gelecek artık benim bölgem değil
Ama sabah sınırı zorlar;
Geçmiş, şimdi ve gelecek şimdi aynı boyutta
Yani, ilerlemek için büyük tereddüt
Ancak statik kalmak için bir seçenek yoktur
Kitlelerle birlikte ilerlemek tek çözümdür
Ama hareket yönünün hiç farkında değil.

Ben Hiçbir Şeyim

Ben hiçbir şeyim
Yine de ben bir şeyim
Hayat ilerliyor
Her gün giyiniyorum
Zaman sessizce geçiyor;
Hayat kumardan başka bir şey değildir
Dikkatli driblinge ihtiyacımız var
Her soru kafa karıştırıcı
Cevaplar göz kamaştırıcı değil
Damping için yaş hızla gelir.

Büyük resme bakın

Dünya denilen küçük yer çok çeşitlidir
Evren hakkında düşündüğümde şaşırıyorum
En yakın yıldız ışık yılı olarak çok uzaktadır
Küçük zihinlerimiz her zaman yavaş viteslerle meşgul
Ölüm ve belirsizlik için herkes korkar;
Aklımızdaki büyük resme baktığımızda
Hayatımızın genişliğini de bulabiliriz.
Çeşitliliğe saygı duymak, bir karıncaya bile nazik olmak
Ama korkumuz ve açgözlülüğümüz bizi her zaman kör eder
Evrenin enginliği hiç kimse gevşeyemez.

Mucize

Mucize hayatımda hiç olmadı
Mucizeler için dua ederken, karımı kaybettim
Bize yanlış öğretildi, mucizeler oluyor
Yani, mucizeler için, zihinlerimiz her zaman açıktır
İnsanı aldatmak için, mucize sahte bir silahtır;
Mucizeler din tüccarları tarafından satılır
Deneyim olmadan, fikirlerine asla inanmayın
Her şey doğa yasasına göre olması gerektiği gibi olacak
Hiçbir mucize ya da Tanrı kaderimizi ve geleceğimizi değiştiremez
Anı yaşayın ve şimdiki kopuştan önce geldiği gibi tadını çıkarın.

Şimdi Gazeteler

Aldatmaca, korku, ölüm ve sadakatsizlik yeri
Gazeteler geçmiş altın günlerini ve dayanışmalarını kaybetti
Başyazılar, bütünlüğünü kaybeden reklamlara dönüşür
Artık hiçbir gazetenin sonsuzluğun gücüne sahip olduğu bir gün yok
Artık etik ve etnik kökenini kaybeden bir işletmedir;
Bir zamanlar gazeteler meşale taşıyıcısıydı
Tüm vatandaşların paylaştığı görüş ve görüşleri
Yanlış, uydurma ve nefret dolu haberler nadirdi
Şimdi kâr dışında, toplum gazetesi umursamıyor
Yine de gazetenin hayatta kalması için dua etmeliyiz.

Kimse Bilmiyor

Kimse diğer tarafta ne olduğunu bilmiyor

Ama eğer oradaysa, kesinlikle geniş olacaktır

İnişli çıkışlı yolculuk ile zaman alanı yok

Kıskançlık, ego, kavga ve gurur yok

Sadece sevgi, barış ve mutluluk gelgiti;

Herkes oraya gitmekten korkuyor

Her ne kadar hayat acıyla dolu ve adil olmasa da

Sadece kendi payları olarak mücadele aldılar

Zaman bakımı yaparken birinin bile gitmesi gerektiğinden daha fazlası

Sessizce diğer tarafa ilerlemek daha akıllıcadır.

Hemen yap

Zaman sadece bir illüzyondur
Bir yönde hareket eder
Bunu kullanmak çözümdür
Aksi takdirde halüsinasyon olacaktır
Hayat çözümsüz bir dava olacak;
Para zamanın ikamesi değildir
Sağlığın da zaman sınırlaması vardır
Şimdiki an sizin pozisyonunuzdur
Bir sonraki an farklı titreşim olacak
Sadece yap, yarın kötü bir durum olabilir.

Geçmişte Yaşamak

Geçmişte yaşadığımızda
Geleceğimiz paslanmaya başlıyor
Şimdiki zaman toz gibi uçacak
Bugün uzun sürmeyecek
Şimdiki zamanda yaşamak adildir;
Geçmiş, şimdi, gelecek üçgen yapar
Hayattaki üçünün hiçbiri bekar kalamaz
İki tanesi bile sadece bir açı yapabilir
Hayatın bir baloncuk gibi olduğunu hatırla
Geçmişte yaşamak sorun yaratacaktır.

Terk Edilmiş Paket

Geriye dönüp baksak bile hayat durmayacak, devam edecek

Sevilen kişinin zamansız ayrılığını durduramayız

Zaman her zamanki gibi akacak ve aynı zamanda solunum da

Kimse ağlamanı ve çaresizliğini rahatsız etmeyecek

Güzel anılarla devam etmek tek çözümdür;

Çok eski zamanlardan beri doğum ve ölüm sürecidir

Sadece bu yolda, insan uygarlığı ilerler

Doğa bize durmak ya da geri dönmek için herhangi bir seçenek vermedi

Bazen yorulduk ve motivasyonumuz azaldı

Eğer hareket etmezsek, zaman bizi terk edilmiş bir paket olarak geçmişe fırlatacaktır.

Mühendisler Günü

Mühendisler de insandır
Birçok mühendisin söylediği şarkılar
Bazı mühendisler çok açgözlü oldu
Bütün hayatı para için muhtaç kalırlar
Sonuçta birçoğu yozlaşmış kabadayı olarak ölür;
Mühendisler ulusun kurucularıdır
Ama etiğin çöküşü şimdi zehir aşılıyor
Ahlak ve etiğin geliştirilmesi çözümdür
Teknoloji tek başına daha iyi bir durum sağlayamaz
Dürüstlük, inovasyon Mühendisler Günü çözümü olsun.

Gülümseme ve Neşe Yaymak

Her zaman gülümseme ve neşe yaymak
Zıpla ve genç bir çocuk gibi oyna
Gülümseme ile hayatınız renkli olacak
Her aktivitede neşeli kalacaksınız
Düşmana bile zararlı olmayacaksın;
Neşe yaymak için paraya ihtiyacınız yok
Gülüşünüz bunun için bal olarak kullanılabilir
İyi davranış ve gülümseme buzları kırabilir
Diğerlerine göre, beden diliniz güzel olmalı
Gülümsemeleri ve neşeyi yaymanın bir bedeli yoktur.

Cehalet Mutluluk mudur?

Bazen cehaletin mutluluk doğru olduğunu düşünüyorum
Ama eğer bu yolu izlersem, birçok gerçeği özleyeceğim
Kendi Kara Kutumun esiri olacağım
Bilgi ve vizyon çok dar ve puslu olacak
Gerçeğe ve güzelliğe giden yol kapanacak
Gerçek için acı çekmek ve acıyı kabul etmek daha iyidir
Meraklılık ve hayal gücü kurtuluşa giden daha iyi bir yoldur
Adem ve Havva cehalet yolunu izlemediler
Bu yüzden bugün medeniyetin zirvesindeyiz
Hiç kimse nektarı ve hayatın tatlılığını cehaletle tadamaz
Zihnim aptallar cennetinde asla mutlu ve huzurlu olmayacak.

Arjantin

Bihu, Assam halkının kültürel yaşam çizgisidir

Bihu kavramı kardeşlik içindir ve basittir

Bihu katında zengin, fakir, kudretli herkes alçakgönüllü olmalıdır

Herkes sorun yaratmadan özgürce dans edebilir

Assam halkını birleştirmek için Bihu her zaman yeteneklidir;

Dans etmek, şarkı söylemek ve birlikte yemek yemek temel kavramdır

Herkesin eşitliği, her katılımcı kabul etmelidir

Peppa ve Gagana, Assam'ın eşsiz trompetidir

Bihu, Assamlı insanları kast ve din üzerinde birleştirdi

Çatışmasız bir toplum için Bihu festivali, iyi bir çözüm.

Kalbim Kırıldı

Kalbim tamamen kırıldı
Şimdi başsız bir tavuğum
Alkol olmadan, sarhoş hissediyorum
Her şey birdenbire oldu
Hayat artık büyük bir yük haline geliyor;
Duygusal krizimi kimse çözemez
Yine de yükle birlikte, hareket etmek zorundayım
Hala hayattayım, sadece hareket kanıtlayacak
Zaman geçtikçe yeni şeyler gelişecek
Sonunda, mezarlıkta her şey çözülecek.

Kadınlar Günü

Seminerler, çalıştaylar, panel tartışmaları

Okunuşlar, kutlamalar ödül dağıtımları

Toplum, bunun kadınların kurtuluşuna giden yol olduğunu düşünüyor

Bir gün boyunca, herkes hızlı düzeltme çözümü için meşgul

Ancak kadınların gerçek anlamda güçlendirilmesi için ihtiyaç devrimdir

Toplumsal cinsiyet eşitsizliği ancak zihinsel evrim yoluyla ortadan kaldırılabilir

Asırlık dini inançların ikame edilmesi gerekiyor

Feodal beylerin ve rahiplerin ortaçağ zihniyetinin modernleşmeye ihtiyacı var

Seminerler ve atölye çalışmaları sadece birkaçını sergilemek içindir

Kırsal kesimdeki kadınların güçlendirilmesi için yeni ekonomik kavramlara ihtiyacımız var.

Eğitim ve ekonomik olarak kendi kendine yeterlilik olmadan cinsiyet eşitsizliği devam edecektir

Teknoloji ve beceriler kadınlara yeni bir umut ve ücret eşitliği sağlayabilir.

Seks ve Vahşet

Tanrı kadın ve erkeği yarattı ve onlara çoğalmalarını emretti
Her ikisine de eşit haklar, sorumluluk ve fırsat verildi
Erkek ve dişinin birliği olmadan hiçbir yeni hayat dayanamaz
Tüm memeliler, erkek ve kadın yaratılmadan önce bunu takip etti
Doğa, çevre, ekoloji ve biyolojik çeşitlilik dengede
Adam daha bilge oldu ve seksten zevk aldığını fark etti
Zevk ve para kazanmak için seks metası pazarını yaptılar
Keçi veya koyun gibi diğer dişi hayvanlar gibi ticareti yapılan kadınlar
Zevk için, erkek vahşeti korkutucu ve derin hale geldi
Çok eşlilik, erkeklerin cinsel arzusu için dinler tarafından bile kabul edildi
Birçok coğrafi bölgede, kadının özgürlüğü soluklaştı
İnsan uygarlık sürecinde daha bilge oldu
Ve böylece, kadının yoluyla meta olarak kullanılmasına devam edildi
Tanrı tarafından verilen eşitlik için, toplumun çözümü yoktur
Yoksul ülkelerdeki aile içi şiddeti ve baskıyı unutun
Sözde gelişmiş ülkelerde bile kadınlar vahşileştiriliyor
Doğal olmayan mavi filmde, zevk için, çaresiz kadınlar kullanılır.

Kadınlar Günü'nde İranlı Kadınlara Destek

İnsan, değerlendirme sürecinde fiziksel olarak güçlenir

Kadınları duygusal olarak daha güçlü hale getirmek, doğa dengeleyici bir çözüm buluyor

Sadece kadınlar insanı yeniden üretme konusunda eşsiz bir yeteneğe sahiptir

Eşin çocuğun annesi olduğu ifade edilmemiş gizli bir şeydir

Doğa, işbölümünü mükemmel denge için yarattı

Ama insan şovenist kazanç için sistemi dengesiz hale getirdi

Kontrol etmek için fiziksel üstünlük günleri geride kaldı

Üstün zihinsel istikrarla, şimdi zaman kadınlığın sırasında

Din artık kadınların eşitliğini bastıramaz

İran'daki kadınlar hakları için doğru yolu seçtiler

Umarız yakında kazanırlar ve kadın gücünün parlak olduğunu kanıtlarlar.

Görünür ve Görünmez

Elma görünürdür, yerçekimi kuvveti değil
Görünmez hava canlı mı yoksa ölü mü olduğumuzu belirler
Kimsenin göremediği elektrik ve manyetizmanın gücü
Görünmez zaman özgür olmasına rağmen çok hızlı akar
Görünmez sese Brahma denir, sadece hissedebiliriz
En garip görünmez şey zihin çok, çok gerçektir
Kimsenin görmediği virüsler ve temel parçacıklar
Görünmez ruhu bilmek için, herkes isteklidir
İnsan vücudunun hissedebileceğinin ötesinde boyutlar vardır
Çok eski zamanlardan beri, Tanrı görünmezdir ve heyecan vericidir
Sadece dünyayı, galaksiyi ve kozmosu değil, tek başına görünür
Görünmez olanın daha büyük bir gücü ve etkisi vardır, doğa ortaya çıkar.

Yaşamın Zaferi

Depremde yıkılan binanın enkazı altında bir çocuk ağlıyor

Yaşamın ölüm üzerindeki zaferi, çok eski zamanlardan beri devam etmektedir

Bazen anne bir çocuğu doğururken, yalnız bırakarak ölür

Ancak, yenidoğanın hayatı ölümü yenerek devam eder

Medeniyetler doğal güçler tarafından tekrar tekrar mahvedildi

Yine de, insan geçmişi unutarak yeniden inşa eder ve ilerler

Evrim ve yok oluş süreci hiç durmadı

İşte bu yüzden bugün biz insanlar bu dünyadayız

Salgın, pandemi hiçbir zaman en zinde olanı durduramadı

Zamanın mevcut alanında, insan yaşamının en iyisi olmasının nedeni budur.

Dalgaları Sayma, Sörfçü Ol

Okyanusun dalgalarını sayamıyorum

Benim için amaçsız ve işe yaramaz

Ama dalgaların sörfçüsü olabilirim ve tadını çıkarabilirim

Yüksek gelgitler tehlikeyle yüzleşmek için korkusuz hale getirir

Cesaret ve güvenle gök gürültüsüyle yüzleşebilirim

Kıyılarda otururken, dalgaları sayarken, hiçbir hata yapmadım

Yüksek gelgitlerden ve düşmanca denizden korkarak, teslim olmadım

Pratikle, şimdi tek hedefim mükemmellik

Tsunami bile artık sörf kararlılığımı durduramıyor

Hedeflerimizi belirledikten sonra, denizde, gökyüzünde, karada veya başka bir şeyde olabilir

Kararlılık, sebat ve pratikle başarının izini sürebiliriz.

Kalp Yetmezliği

Karmaşık bir biyolojik verimli pompaya kalp denir

Anne rahminin içinde, çalışmak, makineyi çalıştırmak

Sürekli dinlenmeden çalışır

Çalıştırdığımızda, pompa test edilir

Bekleme yok, yedek pompa yok, verimlilik maksimumdur

Bir kez durduğunda, hayat ölür ve mezarlığa taşınır

En iyi bakım ve egzersizle bile, kalbin atışları tahmin edilemez

Sözde sağlıklı adam da yenilmez değil, kalp yetmezliği ile karşı karşıyadır

Deprem gibi, hiç kimse kalp yetmezliğinin zamanlamasını tahmin edemez

Cesur, güzel, zengin ve fakir anında son yolculuğun denizcisi olur

İnsanları, doğayı ve insanoğlunu, kalp pompaladığı sürece sevin

Gülen, gülümseyen ve zıplayan bir çocuk gibi hayatın tadını çıkarın.

Bugün Bir Adım Atın

Bir damla, iki damla ve baharı yaparlar
Pınarlar akan bir nehir yapmak için bir araya gelir
Nil, Amazon, Ganj, Brahmaputra ve daha fazlası
Hepsi denize ve okyanus kıyısına doğru akar
Ama her nehir, küçük yağmur damlaları çekirdektir
Günden güne biriktiğinde küçük şeyler
Ve gök gürültülü fırtınalara ve görünür, görünmez ışınlara dayanır
Gözlerimizin önünde büyük bir şey, başarı hikayesi ol
Bir günde başarıya ve zafere ulaşmak için, bazı insanlar dener
Asırlık "Roma bir günde inşa edilmedi" sözünü unutuyorlar
Hızlı düzeltme girişimleri için başarıya ulaşırlar, ödedikleri fiyatlar
Yolculukta her gün basit ve küçük şeyler yapın
Bir kupa kazanmak, kesinlikle turnuvanızı sona erdirecektir.

Nehir Yunusları Gibi Olun

Nehir yunusları birkaç dakikalığına sudan çıkar

Yine, aktiviteler yapmak ve çalışmak için nehirden aşağı iner

Su dışında neler olup bittiğini hiç umursamadım

Bir nehir yunusu gibi olun ve işinize dalın

Yorgun veya bitkin olduğunuzda, temiz hava için dışarı çıkın, varlığınızı gösterin

İzleyenler ve kargaları gözlemlemek için uğraşmayın

Size bakarak yargılayıcı ve mutlu olmalarına izin verin

Çünkü başarılı birkaç kişiden biri olduğunuzu biliyorlardı

Bir mola verin ve perdenin altındaki tutkunuza dalın;

Denizaltınızı hızlandırın, kimse gözlemleyemez veya yorum yapamaz

Sonunda kıyıya ulaştığınızda, eleştirmenler sizi çelenklerle karşılayacaklar.

Doğadan Öğrenme

Kimse yeni doğmuş bir bebeğe nasıl ağlayacağını ve ne zaman ağlayacağını öğretmez

İnsanın bilgi teknolojisinde kodlanmıştır

Çocuk gülümsemeyi ve konuşmayı çevresini gözlemleyerek öğrenir

Kendi başımıza sürünmeyi öğrendik ve aile mutlu oldu

Bir adım, iki adım yürümek ve sonra koşmak doğal bir süreçtir

Kimse balıklara suda yüzmeyi öğretmez

Çocukların doğadan ve genetik kodlarından öğrenmelerine izin verin

Onları hızlı ileri sarma moduna geçirmek zararlı ve kabadır

Sıçan ırkı ve rekabet adına, doğal yetenekleri bozuyoruz

Başarıyı teşvik ettikten sonra, potansiyeli öldürdükten sonra, daha sonra insanlar tövbe eder.

İnandığım Şey Hiç Önemli Değil

İnandığım ya da inanmadığım şeyler evren için pek önemli değil

İnandığınız ya da inanmadığınız şeyler de evren için pek önemli değildir

Galaksiler genişliyor ve birbirlerinden uzaklaşıyorlar

Evren durmadan daha da genişliyor

Yıldızlar doğar ve ölür, galaksiler doğar ve ölür

Oysa genişleyen evren sadece genişliyor ve genişliyor

Ölü yıldıza ya da bir zamanlar gelişen galaksiye bakmak için zaman yok

Sanki genişlemeyi durdurursa, daha büyük ölümler olacak gibi

Dünyanın dönüşü ve devrimi evren için çok önemsizdir

Yeryüzündeki canlılardan bile daha fazlası güneş sisteminin hazineleridir

Yaşamımız sonsuz doğa bağlamında ölçülemeyecek kadar küçüktür

Yine de, anlık yaşamda eğlenin, gülümseyin, dans edin, çünkü toplum ve doğa ilgilenir.

Yazar Hakkında

Devajit Bhuyan

DEVAJIT BHUYAN, Mühendis, Avukat, Yönetim ve Kariyer Danışmanı, 1 Ağustos 1961'de Tezpur, Assam, Hindistan'da doğdu. Assam Mühendislik Koleji'nden Mühendislik Lisansını (Elektrik) tamamladı ve daha sonra Gauhati Üniversitesi'nden Uluslararası Yazışma Okulu, Mumbai'den Endüstri Yönetimi Diploması, Indira Gandhi Açık Üniversitesi'nden Yönetim Diploması ve Yeni Delhi'deki Enerji Verimliliği Bürosu'ndan (BEE) Sertifikalı Enerji Denetçisi Sınavı'nı tamamladı. Ayrıca Mühendisler Enstitüsü (Hindistan) Üyesi, Hindistan İdari Personel Koleji (ASCI) ve Assam Sahitya Sabha'nın Yaşam üyesidir. Petrol ve Doğal Gaz Sektöründe 22 yıl, eğitim yönetiminde 16 yıl deneyime sahiptir. Pustak Mahal, V&S Publishers, Spectrum Publication, Vishav Publications, Sanjivan Publications, Story Mirror, Ukiyoto Publishing gibi farklı yayınevleri tarafından İngilizce ve Assamca dillerinde yayınlanmış 70'ten fazla kitap yazmıştır. Ayrıca The Assam Tribune, The Northeast Times, The Sentinel, The Oil Field Times, Women's Era, NAFEN Digest ve diğer birkaç dergide yüzden fazla makale yazdı. Onun hakkında daha fazla bilgi edinmek için lütfen ziyaret *www.devajitbhuyan.com*.

www.ingramcontent.com/pod-product-compliance
Lightning Source LLC
LaVergne TN
LVHW061623070526
838199LV00070B/6562